「えっ、ちょ!?」
でもその時には、圭の手は空を切って、
カルロくんの頬でパンッと音を立てていた!

マエストロ エミリオ

―富士見二丁目交響楽団シリーズ 第4部―

秋月こお

11591

角川ルビー文庫

目次

口絵・本文イラスト／後藤　星

ローマの平日

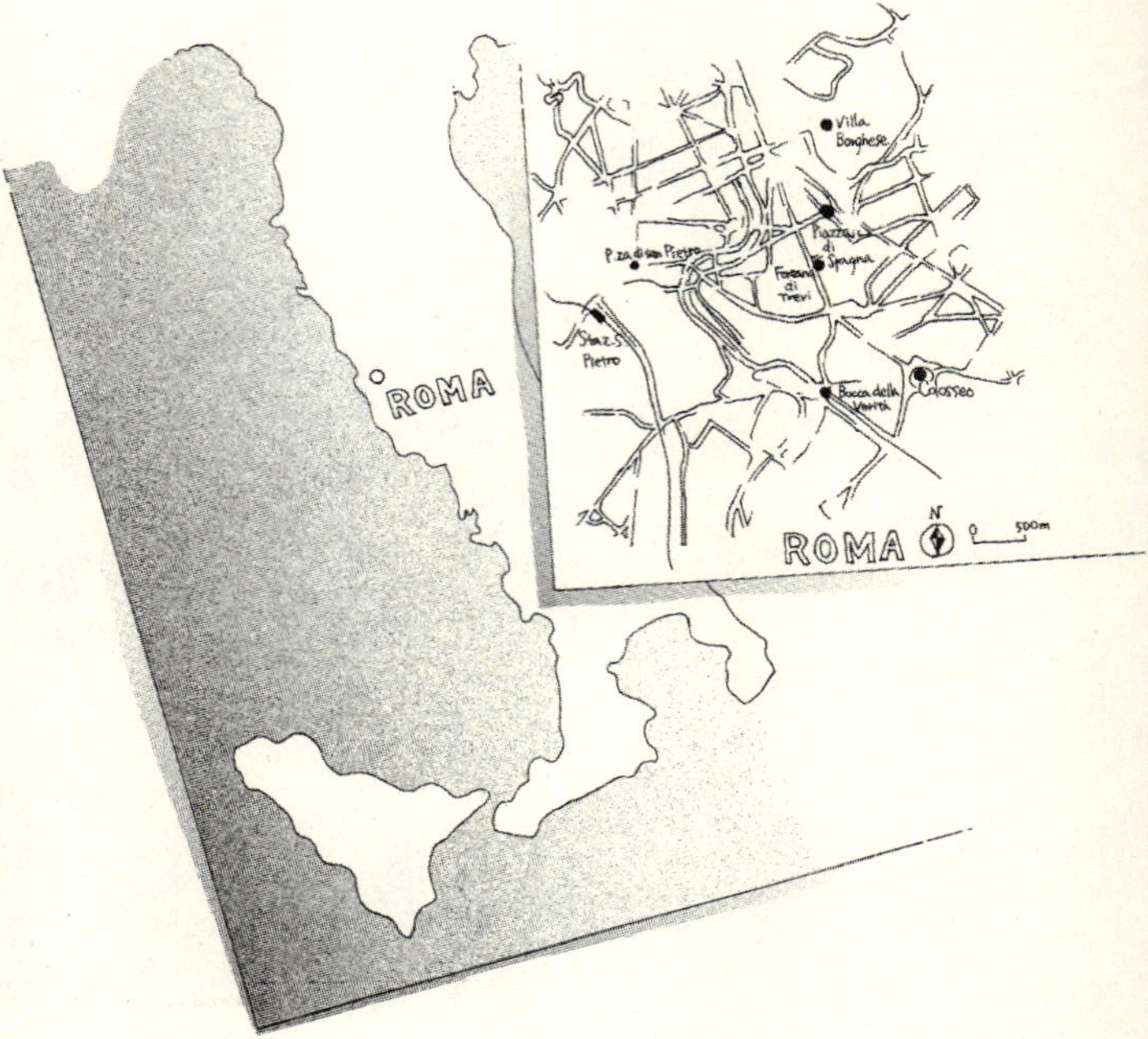
ROMA
Villa Borghese
P.za di San Pietro
Fontana di Trevi
Stаz. S. Pietro
Bocca della Verità
Colosseo
ROMA
N
0
500m

『富士見市民交響楽団《ふじみしみんこうきょうがくだん》ご一同様
その節は、赤面するばかりの盛大なお見送りをいただき、まことにありがとうございました。桐ノ院《とうのいん》くんも感激のあまりに耳を赤くしていて、僕としてはそのあまりにめずらしい光景に感動を覚えたりもしながらの成田行きでした。

現在はシベリア上空を飛行中ですが、僕としては恥ずかしながら初の飛行体験なので、なにやら興奮してしまって落ち着かず、文面もまとまりません。お許しください。

飛行機に乗るのも初めてなら、海外に出るのも留学生活も初めてですし、外国人の先生につくのも初めて。『初』尽くしで果たしてうまくやれるのかどうか、心配し始めると胃が痛くなってきますが、桐ノ院くんとはしばしば顔を合わせる機会がありそうなので、心強いです。

最後になりましたが、フジミは僕にとって第二のふるさとという感じで、団員の皆さんは、僭越《せんえつ》ながら第二の親戚《しんせき》一同というふうに感じさせていただいています。折々に僕のほうからの勝手な報告をお送りすると思いますが、どうか迷惑がらないでください。そちらの近況も、時々はお知らせいただけるとうれしいです。

それでは、またお便りします。

草々

四月十五日

守村悠季《もりむらゆうき》拝』

ちょうど書き終えたところで、熟睡から目を覚ました圭《けい》が、

「手紙ですか？」

と聞いてきた。

「うん。新幹線みたいに揺れないところがいいね、飛行機は」

「姉上達に？」

「は、これから。フジミのご一同様にね」

「なるほど。便箋《びんせん》を持ってきたんですか」

「うん。飛行機の中は退屈するって、きみが言ってたからさ。あとは、葉書を十五枚書いて」

「おやおや。そういえば、成田で買い込んでいましたね。土産《みやげ》にするのかと思っていましたが」

「ロスマッティ先生への？　まさかァ。絵葉書なんかで済ませるわけにはいかないよ」

「十五枚もどちらに？」

「姉さん達と、足長おじさん達が十二人。うわっ」

「え？」

「足長おじさん達の分は、都留島《つるしま》さんのところへまとめて送るんだから、ハガキが入るサイズの封筒が要《い》ったんだァ。しまったなァ、ふつうの大きさのやつしか持って来なかったよ」

「イタリアでも封筒は手に入りますよ」

「そりゃそうだけど」

僕は、隣のシートで長い足を持てあまし気味にくつろいでいる圭のハンサムな横顔を、いささか恨《うら》みがましい気分で見やった。

「ついてすぐ買い物なんて。きみには慣れてる海外だろうけどさ」

「イタリアは、一週間ほど駆《か》け足《あし》でまわっただけですよ」

「初めてじゃないってだけでもうらやましいよ。僕なんかもう、リラの計算だけでもわけわかんなくなりそうなのに。

もっともきみは、どこに行ったって堂々と闊歩《かっぽ》するって調子で、余裕たっぷりにしてられるんだろうけどさ」

ぼやいた僕に、圭はそれこそ余裕たっぷりっていう顔でほほえんで、言った。

「でしたら、エスコーターとしての僕も信頼してください。イタリア語も習得済みです」

「ええっ!?　いつの間に？」

「習得したといっても、初級中級のテキストを三冊ほど丸暗記しただけですが、買い物ぐらいは充分やれますから」

「はァ〜、いいねェ、きみは。記憶力よくって」

僕はしみじみと言った。

そうだよなァ、あのフルオーケストラ用の総譜だって暗記できちゃうような奴《やつ》なんだもんなァ。

「僕なんか初級のやつも覚えきれなくって、あいさつだけならどうにかかって程度だよ」

「見慣れた単語がけっこうあったでしょう」

「あ、うん。ピゥとかフォルテとかだろ？　スコアの中だけのつき合いの『楽語《がくご》』が、日常会話の言葉として使われてるのって、なんかニヤッとしちゃうよね」

「モーツァルト以前の音楽界の公用語はイタリア語だったという、歴史的事実を目の当たりにする感がありますね」

そんな教養をあふれさせた言い方が、気障《きざ》だけど似合ってる男は、桐ノ院圭。二十四歳で天才的な指揮者で、僕の恋人である。

ちなみに、百九十二センチという日本人にはめずらしい長身で、しかも精悍《せいかん》な美貌《びぼう》なんてものにも恵まれている男なので、どこにいてもいやでも目立つ。

これで、国民総ゼッケン制とかいうことになって、『旧財閥系・富士見銀行頭取《とうどり》の一人息子』って身の上とか『M響副指揮者』なんて肩書きを公表して歩く世間になったりしたら、まずもって日々の女難は避けられないところだろう。

そんな男が、女性には興味も持てないホモセクシュアルだというのは、世の中の九十九パーセントを占める僕のような「タダの」男とのバランスを考えた、神様の収支合わせなのかもしれない。

艶《つや》のある響きをふくんだバリトンが、話を続けている。

「ロスマッティ氏とのレッスンの中で使用されるのは、きみにも馴染《なじ》みのある単語が主でしょうから、言葉の問題はあまり気に病《や》まないことです。身ぶり手ぶりでも案外通じるものですし」

「まあね。そのへんは慣れるしかないかなって気もするし。なんていうか、言葉の問題だけじゃないからね。福山《ふくやま》先生とのレッスンは日本語でやってたわけだけどさ、先生のコトバが僕には通じてなかった、っていうのも多々あって」

「もともと言語自体が、不完全かつ不安定な伝達手段ですからね」

「あは、いつだったかもそんなこと言ってたね。

でもほんと、言葉で伝えられることって、じつはそんなに多くなくって、だから音楽だの美術だのが生まれたんだろうね。

人とのコミュニケーションだって、言葉より顔つきとかしぐさなんかで伝えたり受け取ったりしてる面も大きくてさ」

「たとえば、このように？」

言った圭が、膝《ひざ》に載せてた僕の手に手を重ねるようにして握《にぎ》った。

「よせよ」

と、そっと押しやった。

「TPOを考えろって」

偶然だったのか、搭乗手続をしてくれた彼女の配慮《はいりょ》だったのか、僕達の席は飛行機の真ん中あたりの非常口の横で、劇場のいちばん前の席みたいに、エコノミーだけど座席の前の広さだけはファースト並みっていう場所なんだ。つまり手を握り合ってたりしたら、通路を行き来するスチュワーデスやパーサーやほかのお客から丸見えってこと。

圭はおとなしく手をどけてくれたけど、かわりに頭を寄せてきて、僕の耳元で、

「愛してます」

と。

「僕もだけどねっ」

と、にらんでやった。

「これ以上そういうことをするなら」

「飛行機で途中下車はむりですが？」

「トイレにこもって出て来ないって手はあるよ」

「わかりましたよ」

圭はハアッとため息をついた。

あのねェ、ため息をつきたいのはこっちだぞ。ここんとこ、きみは変だ。

そう……変だよ、圭。なにをそんなにナーバスになってるんだ？　向こうでは、別行動も多くなるから？　僕が、外国での生活を不安に思ってるのが伝染してるのか？

僕は守村悠季、二十五歳、男。職業としてやっていけるバイオリニストをめざして修業中で、二十四歳にして初挑戦した日本音楽コンクールで三位に入賞するという成果を上げられ、一応プロへの足がかりはつかんだっていうところ。

邦立音大《くにたちおんだい》時代の恩師で、コンクール挑戦のためのセコンドをお願いした福山正夫《まさお》先生のご推薦《すいせん》をいただいて、なんとイタリア在住の巨匠《きょしょう》エミリオ・ロスマッティ先生の弟子《でし》に取っていただくことになって、こうして先生がお住まいのローマへと向かっている。

手紙を書いていた相手の富士見市民交響楽団（通称フジミ。二丁目楽団なんて言い方もされる）は、僕がこの一月までコンサートマスターをやっていたアマチュアのオーケストラで、現在は名誉団員という身分にしてもらっている。プロをめざしての勉強とコン・マスを両立させるのはむりだろうからって、世話人の石田《いしだ》ニコちゃんがそう取り計らってくれたんだ。

六月には定期演奏会を予定していて、僕もソリストとして参加することになってる。

そうなんだよ、そっちの準備も急がなくっちゃ。なにしろ曲目はチャイコフスキーのバイオリンコンチェルトっていう大物なんだからな。期待してくれてるフジミの人達のためにも、やたらな演奏なんてできないし。

そして、いま葉書を書いている「足長おじさん」達というのは、フジミの団員の富田《とみた》さんのツテで援助を受けることになった、僕の留学生活を金銭的に支援してくださる人達。匿名《とくめい》希望の方達だそうで、富田さんのご友人の音楽評論家の都留島さんが、僕とその人達とのやり取りの窓口をしてくださる。

葉書は、日本を出てイタリアに向かっていますっていう、第一回目の報告だ。

桐ノ院圭との間柄は、世間的には（といっても、もちろんひた隠しだけど）同性愛の恋人同士って言い方になるけど、僕の両親の墓前で二人だけの結婚式を挙げた仲だ。

でも今回こうして圭が一緒なのは、もちろん僕のエスコーターを務めるためなんかじゃなく、圭には圭で渡欧の目的があるからで、その目的っていうのは、各地での指揮者コンクールへの挑戦。

去年の夏、圭は東京音楽コンクールに挑戦し、予選落ちした。フジミの団員でもあるM響（天下のMHK交響楽団）のチェリストの飯田《いいだ》さんの分析によると、「実力的には行けてたが、作戦を誤った」んだそうだけど、圭にとってはとにかく悔しい敗北経験だったみたいで、以来、タイトル獲《ど》りへの野心を燃やしてたみたいで。M響の副指揮者っていう、ふつうだったらなげうったりしない活躍の場を、一年間休職するなんて手まで打って、獲れるかぎりのタイトルを総なめに持ち帰ろうって意気込みでいる。

皮切りは、五月にブダペストで行なわれる『ヤーノシュ』コンクールで、書類と演奏テープでの事前審査には通ってて。

ああ、こんどこそ勝てるといいねェ。

「Would you like a drink?」

と頭の上から声をかけられて、ドキッと顔を上げた。きりっとしたハンサムのパーサーが愛想のいい顔で僕を見下ろしていた。

「え？ あー……」

「White wine, please」

と圭が言い、

「食事前のアペリチフを配りにきたんです」

と僕に説明してくれた。

「アルコールおよびノンアルコールの飲み物を用意しているはずですが」

「あー、じゃあ僕も」

「ワインを？」

「あ、うん」

「He, too」

圭が僕のかわりに言ってくれて、パーサーは口をあけた白ワインの小びんとプラスチックのコップを僕のテーブルに置き、

「サ、サンキュー」

と言った僕にニコッとして頭を振って、次のお客のところへとワゴンを押していった。

「ふうっ」

と僕はシートの背にめり込んだ。

「あーもー、たったあれだけでも心拍数が上がっちゃうんだから」

ついそうグチって、

「でも、慣れなくっちゃね」

と笑みを作ってみせた。

「一つだけ、気をつけたほうがいいです」

圭が言った。

「うん、なに？」

「やたらと笑顔を見せないこと」

「え？　あ、そうか、なんでも笑って誤魔化《ごまか》す日本人、って？」

頭をかいてみせた僕に、圭は（わかってませんね）という顔で小さくため息をついた。

「きみのシャイな笑顔というのは、魅力的であると同時に、つけ入りやすそうだと思われる危険がある。誰《だれ》かれなく口説《くど》かれたくはないでしょう？」

僕は考えてみて、言った。

「口説かれても、なにを言われてるかわからないと思うよ。僕の勉強したテキストには、『ホテルに泊まる』とか『レストランで食事をする』とかって項目しか載ってなかった」

　圭は顔を伏せてひたいに手を当て、

「はいはい」

　と言った。どうやら呆《あき》れてるらしい。

「イタリア語で『No』は？」

「『ノ』だろ？　『はい』は『シ』で、言っていることがわかりません、は『ノン　カピスコ　チョ　ケ　ディーチェ』だ」

「たいへんけっこう。もしもの急場は、ぜひそれでしのいでください」

「だいじょうぶだって。僕はきみみたいにモテる男なんかじゃないんだから」

　それからしばらくして、さっきのパーサーがまたワゴンを押してやってきた。食事を配ってるのは匂《にお》いでわかってたし、

「Meet　or　fish？」

　は聞き取れたんで、

「ミート　プリーズ」

　と答えた。

　僕の返事はパーサーに通じ、僕はちょっとだけ自信を持った。

さて、狭い座席で十三時間以上もじっとしているというのは、けっこうな苦行で、飛行機が経由地のミラノを飛び立ち、残りの飛行時間が六十分を切った時には、ほんとにほっとした。

西に向かって飛んできた僕らは、太陽の先をやって来た格好で、成田を十二時に出発したってことは、到着は日本時間では午前の深夜だけど、マイナス時差のおかげで現地時間では宵《よい》の口。ちなみにヨーロッパはサマータイム制度を採用してるそうで、いまの時季の日本との時差は七時間だ。

圭のアドバイスで、飛行機に乗ったのと同時に時計はイタリア時間に合わせてあったけど、一日がやたら長かった気分でくたびれた以外は、とくに時差ぼけなんて感じもしなかった。ローマ郊外のフィウミチーノ・レオナルド・ダ・ヴィンチ空港への着陸は、もっとドキドキするかと思ってたけど、そうでもなかった。ミラノに降りた時もだ。離陸の時のほうがよっぽど気持ちが悪かったよなァ。

ターンテーブルのところで、預けたスーツケースを受け取って、入国審査所へ。

ええと、パスポートがいるんだよな。

バイオリンケースがあるんで、片手でもたもたとウェストポーチからパスポートを出そうとしてたら、圭が見かねてバイオリンを預かってくれた。

留学っていっても僕の場合は、こっちの学校に入るってわけじゃなくロスマッティ先生の個人的な弟子《でし》になるわけなんで、入学証明書がいる留学生ビザは取ってない。

そのことを言われたらどうしようかと思ってたんだけど、成田と同じような形式の窓口の向こうに座った係官（わー、外人だよ）は、

「ボン　ジョルノ」

と差し出した僕のパスポートの写真の貼《は》ってあるページをあけて、チラッと僕の顔と見比べると、パスポートを返してよこした。

「え？　あの、入国スタンプは」

でも係官は（行け）って顔で手を振って。

僕のあとから審査所を通ってきた圭に聞いてみた。

「あのさ、スタンプ押してくれなかったんだけど、いいのかな」

「日本人とアメリカ人については、ほとんどノーパスのような扱いですから」

「ふ〜ん……。あ、ちょっと待って、パスポートしまうから」

こっちはスリやなんかがやたらと多いっていうんで、上着の下に隠しておけるウエストポーチにしたんだけど、出し入れには面倒くさい。圭は上着の内ポケットに入れてるから、僕もそうしようかな。

「迎えが来ているのでしたね？」

「あ、うん、そういう話だった」

じつは、あれこれの話はぜんぶ福山先生を通してやる格好になってて、僕はまだロスマッティ先生とは電話での話もしていない。

福山先生から、

「出発日を決めたら連絡しろ」

って言われてたんで、飛行機の切符を取ったところで日にちと便を連絡したら、

「空港まで迎えを出すそうだ」

っていう返事が来て。先生への返事は「はい」しかあり得なくって。

僕としては、その日の泊まりはどうするのかとか、いろいろと気がかりはあったんだけど、福山先生相手にこまごま相談するなんてむりで。

結局、とりあえず着いた日に泊まるホテルだけを予約して（圭がしてくれた）、あとはその後の話しだいということにしてある。

圭との話し合いで、住むのはウィーンってことに決めてあるから、ほんとはまずウィーンのほうへ行きたかったんだけど、小心者の僕としては、福山先生から「なぜウィーンなんだ？」と聞かれたら返事のしようがないんで、とにかく最初はローマでロスマッティ先生に会って、レッスン日やなんかを決めさせていただいて、それからウィーンにって予定なんだ。

それにしても、ロスマッティ先生って……やっぱりあの人なのかな……《雨の歌》の特訓中に、先生のお宅で会った、京都弁をしゃべる陽気で巨体の『エミリオ』さんが、あのエミリ

オ・ロスマッティなんだろうか……

どう考えても、たぶんそうなんだろうという結論しか出て来ないけど、でもなァ……

僕がエミリオ・ロスマッティについて知ってることといえば、パガニーニを弾かせたら現代の演奏家の中では右に出る者がいないっていう彼の演奏と、CDのジャケットを飾っていたすばらしくハンサムな顔写真だけ。

ただし、CDは二十年ほど前の収録で、LP盤からCDに移したものらしく、ジャケットもLPのを転用したとしたら、あれは二十年前の写真ってことになり……あのハンサム氏が、いまでは真ん丸顔の太っちょおじさんになってる可能性は充分ある。あるんだけど……なんかなァ……あれとあっちとのギャップが大き過ぎて、納得しかねるっていうか。

福山先生に、一言聞いちゃえばよかったんだけどな。

「ロスマッティ先生というのは、こちらでお会いしたエミリオさんですか」

ってさ。

でも聞いたら、

「おまえは活躍中の巨匠の顔も知らんのか」

とかって言われそうでさ。聞けなかった。

実際、不勉強なのは不勉強だし。

もっとも言いわけをするなら、ロスマッティはなぜか来日公演をやらないんで、世界的な名声のわりには音楽雑誌にもほとんど記事が出ないし、ジャケットにはっきりと顔を出してるのもあの一枚だけ。あとは演奏シーンの遠景とか、バイオリンと手だけとか、曲のイメージの風景写真とかなんだ。

そんなわけで、僕としては、これから二、三年はお世話になるはずの師匠《ししょう》の顔も知らずに、イタリアくんだりまで出かけてきてるわけで……ああっ、不安だ。

願わくば、ロスマッティ先生が、あの太っちょのエミリオさんでありますように。それだったら、言葉の心配だけはいらないってわけだから。

入国審査所を過ぎてしまうと、あとはもう何のこともなく、圭のあとについて通路を歩いて出たところが、到着客と出迎えの人達が出会うロビーだった。

「ああ、彼女のようですね」

と圭に言われて、指さされたほうを見やった。

『モリムラ　ユウキくん』

と書いた画用紙を頭の上にかかげていた、黒髪の若い美人が、僕に向かって画用紙を指さしてみせた。

「あ、はい、僕です」

と手を上げて答えて、僕は、スーツケースを押して歩き出そうとしていた圭にささやいた。

「どうしよう、彼女、イタリア人みたいだ」

「そのようですね」

あのエミリオさんの奥さんなら日本人のはずで……ああ、でも奥さんにしては若過ぎるかな。エミリオ・ロスマッティはたしか一九三八年生まれで。

そんなことを思っていたあいだにも、圭はさっさと彼女のところへ行ってしまい、僕も急いであとを追った。

圭はもう彼女に話しかけていて、けっこう流暢《りゅうちょう》に聞こえるイタリア語で言ってくれてるのは、彼女が僕の迎えかっていう確認と、僕の紹介だったみたいだ。それから、自己紹介をしたらしいやり取りがあって、彼女が肩をすくめた。

「あの」

と僕は圭の袖《そで》を引っぱった。

「僕も同行するということで、了解を取りました」

という先回りした返事が返ってきた。

「あ、そ、そう」

その点をどうしようかって悩んでた僕としては、これで一つ問題が解決。

ほら、本来だったら、圭は招待を受けてない人間なわけだから、一緒に来てもらうのはむりかもしれなかったんだ。

「Il《イル》 signore《シニョール》 Morimura?」

と笑顔を向けられて、

「シ、あの、ボン ジョルノ」

と答えたら、噴き出しそうな顔をされた。

赤くなりながら（すいません、発音がなってなくて）と思った。

圭が彼女にペラペラッと話しかけ、彼女はペラペラッと返事をしながら、親指を立てたこぶしを自分の後ろのほうに向かって振ってみせた。

「駐車場から車を取って来るので、そこを出たところで待っていてほしいそうです」

「あ、シ。あの、グラツィエ」

彼女はまた噴き出しそうな顔をし、（それじゃ）というふうに手を振って、車を取りにいった。

「なんか、前途多難な感じ」

と思わずグチった。

「は？」

「変な発音だと思われたみたいだ」

「ああ」

と圭は僕を横目で見やり、つと顔を寄せてきて言った。

「きみの口癖の『あの』というのは、こちらではアナルの意味でして」

「え……ええっ⁉」

「『ええと』でしたら問題ありませんから」

「う、うわあ……き、気をつけるよ」

真っ赤になってしまった僕に、圭が慰《なぐさ》め顔で言った。

「彼女の反応からすると、日本語の『あの』を知っていて可笑《おか》しがっていたようでしたから、気にしないでいいです」

「もう絶対、言わない」

と僕は誓った。


彼女の車は、かなり年代物の感じのステーションワゴンで、僕達二人分の特大スーツケース二個は、座席の後ろの収納スペースに楽々で収まった。

僕が読んだ観光案内書には、空港からローマ市内までは車でなら四十五分と書いてあったけど、もう午後九時に近いって時間にしては道が混んでて、ローマ市内らしいあたりに入るまでに一時間ちょっとかかった。

僕達はバックシートに乗せてもらってたんだけど、彼女が運転しながらしょっちゅう話しかけてきて、いつもなら（とくに女性に対しては）無口な圭がそれに答えてるうちに、かなりの情報が取れた。

それによると、ロスマッティ先生のお宅はスペイン広場の裏手のあたりで、すぐそばにボルゲーゼっていう大きな公園もある。

「宿を取ってある『エクセルシオール』とは近いようです」

「あ、そう？　よかった」

彼女はロスマッティ先生の娘で、名前はカテリーナさん。家族は、先生と奥様と彼女と弟さんの四人で、ほかにロッシっていう名前の犬と猫が二匹いるそうだ。猫のほうの名前はピなんとかとチェなんとかだったけど、聞き慣れない長い単語だったんで、圭が言ってくれたのをうまく聞き取れなかった。

市内の地図は一応勉強してきたけど、どこをどう走ったのかはわからないまま、大きな道から曲がって入った石畳の坂道の途中の、（たぶんルネッサンス様式の）大きな建物の前で、カテリーナさんは車を止めた。

古びた石造りの壁に、教会のそれみたいな大きな扉がはまっている建物を、圭は、

「アパートメントですね」

と言った。

「これが？」

「五、六世帯は入っていると思いますよ」

カテリーナさんが車を降りていって、扉の横についている呼び鈴らしいボタンを押して戻っ

てきた。

さあ、いよいよだ。

それぞれにスーツケースを車から下ろし、石畳の歩道のでこぼこに苦労しながら扉の前まで押していった。

待つほどもなく扉が開いて、小柄な女性があらわれ、

「ようこそおいでやす。お疲れでしたやろう」

と笑った。

その後ろから、

「オ〜、ゆうき、待ッテタンエ〜」

と歩み出てきたのは、あの太っちょのエミリオさん。

僕は思いっきりホッとした。

「オイデヤス〜、元気ソーネ〜」

と手を差し出されたんで、てっきり握手だと思って、

「あ、ええと、お世話になります」

と手を出したら、握られたと同時にぐいと引き寄せられて、気がつけば彼の腕の中。ぼよんぼよんのおなかに押しつけるみたいにギュッと抱きしめられて、一瞬息が止まった。いきなりこう来るとは思ってなかったんで、びっくりして。

「ママア、オ入リヤス」

あ、ええと、圭の紹介をしなくちゃ。

でも僕が口をひらくよりも先に、圭が言ってた。

「初めてお目にかかります。守村さんの友人の桐ノ院圭です」

それから、用は終わったっていう顔で、僕に向かって、

「先にホテルに入っていますので」

と。

「あ、そ、そう?」

「スーツケースを預かっていきましょうか」

「え? ああ、その」

土産《みやげ》が入ってるんだけど。でも、先生の前でスーツケースをあけるわけにもいかないよな。

「じゃあ」

と言いかけたところで、ロスマッティ先生が言った。

「ほてる取ッテハルノ?」

「あ、はい」

先生はチッチッチと太い指を振り、

「ほてるイラナカッタエ。部屋ハ用意シテアルサカイ」

それから、わざと下から見上げる格好で圭を見やって、

「彼モ、ナントカ入ルントチガウ」

としかめっ面でウィンクした。

それってつまり、僕達二人とも先生のお宅に泊まれってことか？　だよな。


扉を入ると、中は道の続きのトンネルみたいな通路で、ドアは『門』というところらしい。通路を抜けたところは中庭で、建物は中庭を囲む造りの、真ん中が抜けた四角柱という格好になっていて、右手のドアが先生のお宅への入口だった。もっとも、そこが玄関ってわけじゃなく、小さなエレベーターに乗って二階に上がって、エレベーターを降りた右手のドアがそれらしくて。

入ったら、目の前に金地に桜の絵の大きな屏風《びょうぶ》が立ってて、ちょっとたまげた。

「靴ハ脱イデ上ガッテオクレヤス」

「あ、はい」

屏風の前の、マットが敷いてあるところまでが、土足で入っていい範囲らしい。

なんだかみょうなぐあいだと思いながら、靴を脱いで、上がるというような段差はまるでない玄関を上がった。

「部屋ニ案内スルシ」

という先生の先導で、スーツケースは持ち上げて運んで廊下の角を曲がって、まだ奥へ行ってもう一度曲がって。

「とうのいんクン、ココドーゾ」

「ゆうきハ、コッチエ」

とドアをあけてもらって、重たいスーツケースをかかえ込んだ。圭とは隣部屋だ。

「ソコ、オ手洗イネ」

「あ、はい」

「三十分シタラごはんデエエヤロカ?」

「あ、はい」

「ホナラ呼ビニクルサカイ、ソレマデユックリシテテ」

「はい。ええと、お世話をおかけします」

「ドイタシマシテ」

圭がやって来て、

「Ｓｉｇｎｏｒｅ」

と先生に声をかけた。

「電話をお借りしたいのですが」

「オー、ほてるノ取リ消シヤネ。ドコ?」

「『エクセルシオール』です」

「オ〜!?」

先生は丸い顔の中に埋まっているような目を真ん丸にして叫んだ。

「Ｅｘｃｅｌｓｉｏｒ!?」

「Ｓｉ」

と答えた圭がイタリア語で続けたペラペラの意味は、あとで聞いたら、「以前泊まったことがあって、なかなか快適だったから」という説明だったんだそうな。

「オ〜ッ、Ｅｘｃｅｌｓｉｏｒ！」

と先生は太った肩を弾ませるようにすくめて頭を振り、

「オ〜ッ、オ〜ッ」

と何度もその身ぶりをくり返しながら、圭に（ついて来い）というふうに手を振り、また「オ〜、オ〜」と言いながら圭をつれていった。

僕は、まずかったかなァと頭をかいた。

ホテルを決めたのは圭で、五つ星のところだって聞いて（ああ、そうか）と思っただけだったけど……帝国ホテルの常連の奴《やつ》だからさ……考えてみれば、僕みたいな金のない留学生が泊まるには、五つ星のホテルなんて生意気過ぎるというか……先生のあれは、呆《あき》れてるって意味だよなァ。

でも、いまさらフォローのしようもないとあきらめた。贅沢《ぜいたく》だって叱《しか》られたら、圭のおごりなんだってことを正直に言おう。

あらためて見まわしてみた部屋は、ホテルみたいに風呂《ふろ》とトイレまでついたりっぱな客室で、とりあえず洗面台でうがいをして手を洗った。

圭が戻ってきたらしく、隣の部屋のドアが閉まった音がした。ええと、行ってもいいかな。いいよな。

でも、他人の家の中を勝手に歩きまわるっていうのは気が引けて、こっそり部屋を出てこっそりドアをノックした。

「どうぞ」

という返事をもらって部屋に入った。

「なんか、予定外のことになっちゃったね」

まずはそう言った僕に、ベッドに腰かけていた圭は苦笑してみせた。

「親切のつもりなのでしょうから、今夜はしかたないですね」

「ホテルのほうは？」

「今夜はキャンセルに」

「キャンセル料、要《い》ったんじゃないか？」

「たいした額ではありません」

「そう……」

「しかし、人間というのは変貌《へんぼう》するものですね」

「ああ、先生？　まあ、京都弁の太っちょおじさんで、僕は安心したけどね」

「花から花へといったふうな浮き名を流した人物だと聞いていたのですが」

「若い頃《ころ》はそうだったんじゃない？　だってほら、CDの写真の時代だったら、女性がほっとかなかっただろうからさ」

そういえば、東田《ひがしだ》先生からサインをもらってくれって頼まれてたんだっけ。でも、まさか今夜いきなりっていうのはまずいよなァ。うん、チャンスを待とう。

「先生とはなにか話をした？」

「きみを差し置いてですか？」

「あの自己紹介は、ちょっと簡単過ぎたと思うぞ」

言ってやったら、不満を隠すポーカーフェイスで、

「しかし、『恋人です』とは名乗れないでしょう」

と切り返された。

「あっ、あたりまえだろっ!?　いや、つまりさ、イタリアはカトリックの国だし、カトリックっていうのは、そういうことにはきびしいって」

「たしかに、イギリスやフランスでほどおおっぴらなカップルは見かけませんでしたが」

ピンッと来たんで口に出した。

「でも、きみの相手の中にはイタリア人もいた、って？」

「なにを根拠に」

「勘」

言ってやって、続けた。

「ローマで会う確率は？」

「とうに終わっていることです」

圭が閉口してるって顔で言いわけした。

「わかってるさ」

と答えた。

「偶然バッタリ会っちゃうって確率を聞いてるんだよ」

「あー……まず、ないと思いますよ」

「じゃあ、ローマの男じゃないってことね。

そのあたりが心配でナーバスになってるのかと思ったんだけど、違ったか」

圭は苦笑して、腰かけたベッドの上から腕を差し伸べてきた。

「見当違いもはなはだしいです」

僕はベッドに近づいて、リクエストどおりに腰を抱かせてやった。かつての留学時代の相当に派手だったらしい圭の恋人遍歴については、愉快じゃないけど許すことにしてる。ただし、隠したりしないで話してくれるかぎりにおいてだ。ほら、なんていうか……僕に話してくれるってことは、彼の中でちゃんと過去として清算できてるってことだろ。

そして圭も、僕のそういう気持ちはわかってくれてる。

「まあ、運悪くそうした偶然が起こるとしたら、ミラノ」

「と？」

「ああ……ベネツィア」

正直に白状したごほうびに、髪にキスしてやろうと腰をかがめた時だった。

コンコンッというノックの音がして、ガチャッとドアがあき、

「ゴハンニシマスエ」

とロスマッティ先生が！

ノックの音を聞いた時点で、とっさに圭から離れてはいたけど、（セーフか!?　アウトか!?）っていう感じのタイミングで、思わず赤くなりそうになってしまってあせった。

「行きましょう」

と圭が立ち上がり、

「手土産《てみやげ》を持って来られたのではなかったですか？」

と僕をうながした。

「あ、う、うん」

「Signore《シニョーレ》、食堂はどちらですか?」

「コノ向カイノ部屋ヤシ」

「すぐうかがいます」

僕はもちろん部屋に飛んで行き、福山先生にうかがって調達してきた、虎屋《とらや》の羊羹《ようかん》の三棹《さお》入り進物箱を取ってきた。


食堂に入った僕は、まずそのゆったりとした広さに感心したけど、圭は目の付け所が違う。

「ほう、このフレスコ画は古いですね。十七世紀ぐらいのものでしょうか?」

そう言ったのは、僕は変わった壁紙だとしか思わなかった、古びて薄れたふうな壁の絵のことらしい。

「え? これ、フレスコ画なのかい?」

漆喰《しっくい》に顔料を載せて描くそれは、教会や宮殿の壁を飾るのに使われるんだとばかり思っていた僕は、びっくりしてそう聞き返した。

「天井のほうは十八世紀あたりですかね」

「天井?」

見上げて、思わず、

「うわっ」

と言った。

そこには、ガイドブックで見たバチカン美術館の天井画みたいな絵が描かれてたんだ。

「ホウ？　とうのいんクンハ美術ニ詳シインヤネ」

先生が、何かで見た中年の太っちょバッカスみたいな顔をにこにこさせながらおっしゃった。

「あの、これはもとからあった絵なんですか？」

と聞いてみたら、

「ソウヤ」

と返ってきた。

「じゃあ、この建物は……」

「ウン、建ッタンハ十七世紀デ、壁ノフレスコハ当時ノモンヤ。天井ノハ十八世紀ニ描カレタモンヤサカイ、とうのいんクンゴ明答ヤネ。ドッチモ修復シテルンヤケドネ。床ハ十七世紀ノモンヤシ」

「はあ～……」

僕は目を丸くする気分で、やたらと天井の高い部屋の中を見まわした。

「じゃあ、歴史的建造物ってわけですかァ」

「ウン、ソウヤネ」

「でもふつうに住んじゃってるんですよね。ほら、あの、日本だとこういうのは国宝とか何とかって保護しちゃって、住まいになんかはできないと思いますけど」

「こちらだと、ごくふつうに人が住んでいますよ」

「なんか……すごいねェ……」

感心しきって見まわしてたら、

「まあお座りやす」

と奥さんに声をかけられて、呼ばれた食事を待たせちゃってるのを思い出した。

「あ、すいません」

と先生達がお待ちのテーブルに向かった。

そう言えば、まだちゃんとしたごあいさつもしてなかったんじゃないか。

「あの」

と言って、それは禁句だったのを思い出した。（うわあっ）と思わず赤くなってしまいながら、

「いえ、ええと」

と言い直して、ばかみたいな自分にますます赤くなってしまったが、さっさと言うべきことを言ってしまわなくちゃ。みなさんをお待たせしてる。

「こ、このたびはたいへん光栄なお招きをいただきまして、ありがとうございます。ふ、ふつ

つか者ですが、どうぞよろしくお願いいたします」

それから、

「つまらないものですが、お好きだとうかがいましたので」

と、羊羹の箱を差し出した。

「オ〜ウ、虎屋ノ羊羹！　Grazie《グラツィエ》、オオキニ」

用意してあった食事は、たしかニョッキっていったと思う小型のギョウザみたいなのが入ったスープ（味は水ギョウザって感じだ）と、具はトマトとチーズだけのシンプルでうまいピザと、赤ワインだった。

テーブルを囲んだのは、先生と奥さんとカテリーナさんと、僕と圭。

初めての家で、高名な先生とそのご家族の前なんだけど、なんだか不思議なほどくつろいで食べられたし、話もできた。たぶん、親切であけっぴろげって感じの先生のお人柄によるんだろう。

「ア〜ア、とうのいんクンハdirettore《ディレットーレ》ナン。ドコ指揮シタハルノ？」

「M響とフジミです。ほかに、ゲストで大学オケなどを少々」

「フジミ？」

「ええと、僕がコン・マスをやらせてもらってたアマチュアオケで、彼はそこの常任指揮者を。いまも名誉団員ですけど」

「はい、一応。素人《しろうと》さんと、あとは音大の学生が何人か入ってるっていう、ほんとのアマチュアオケですので」

「オウ、コン・マス！」

「コン・マス！　スゴ〜イ！」

ぴょくぴょくと肩をすくめて感心してみせる先生は、どうやらふざけ屋のようだ。

「ところで、一つおうかがいしたいことがあるのですが」

圭がそう話題を変えてくれた。

「近年、日本ではリサイタルをなさっていませんが、なにか理由があるのですか？」

「忙シ〜イ。すけじゅーるイッパ〜イ」

と先生は肩をすくめてみせたが、横から奥さんが笑いながらおっしゃった。

「日本でリサイタルをすると、うちの両親が聴きに来るさかいなんや。国際結婚なんか許さへんてモメてしもて、いまだにエミリオはうちのお父が苦手やし。お父さんににらまれてたら、失敗しそうでかなんのやて。おもしろいやろ？」

「なるほど」

と圭は可笑《おか》しそうな顔をしたけど。

「すいません」

と僕はあやまった。

「なんか、立ち入ったことをお聞きしてしまいまして」

「そんなことあらしません。誰《だれ》にでも言うてることですさかい」

奥さんはそう笑ってみせたし、先生も肩をすくめてみせただけだったけど。初対面にしては突っ込み過ぎの話題だったよな。なんか冷や汗。

もっと差し障《さわ》りのない話題に行こうと思って、さっきからずっと黙っているカテリーナさんに話を振ろうとして言った。

「ええと、カテリーナさんは日本語は？」

でもそれは、さらにコアな突っ込みになっちゃったんだ。

ペラペラッとイタリア語で答えてきた彼女の返事を、

「およそは聞き取れるが、話すのはできないそうです」

と圭が通訳してくれたまではよかったんだけど、

「カテリーナは、前の奥さんの娘なんやわ」

と奥さんが。

「あ……え、ええと、す、すいません」

そ、そうだよな。この奥さんの娘さんにしては歳《とし》が近過ぎるって、気づけよ！

ぐあい悪さにしどろもどろの気分の僕の横で、圭が言った。

「おいくつですか？」

おい、女性に歳なんか聞くなよっ。

でも圭は、それをわざわざイタリア語に直してまで（だと思う）、カテリーナさんに言っちゃって。

カテリーナさんの返事を、

「二十二だそうですから、小夜子《さよこ》より二つ上ですね」

なんて通訳してきて。

なんでそこで、小夜子さんが出て来るんだよっ。忘れてたい名前なのに。

それからあとの二人のやり取りはイタリア語だったんで、僕にはチンプンカンプンだったけど、「小夜子」っていうのと「悠季」って言ったのは聞き取れた。でも、なにを言ったのかは教えてくれなくて。

先生がイタリア語で話に参加して、カテリーナさんも笑ってしゃべって、なにやら盛り上がってるふうだったけど、僕は蚊帳《かや》の外。

ひとしきりしゃべった圭が、つとシャツの襟元《えりもと》に手を持っていったと思うと、ネックレスにしている僕達の結婚指輪を引っぱり出したんで、ギョッとした。

圭は、肩をすくめる調子で何か言いながら指輪をチェーンからはずし、左手の薬指にはめたそれを、気取ったしぐさで二人に向かってかざしてみせた。

「ちょ、ちょっと圭、何を？」

ま、まさかと思うけど、僕達のことをしゃべっちゃったんじゃ……

でも先生とカテリーナさんは「HAHAHA」と笑いころげてるから、違うのか？

「と、桐ノ院くんって、おもしろい人ねェ」

これまた笑ってた奥さんが、笑い過ぎて涙ぐんだ目をナプキンでぬぐいながら言った。

「ええと、彼はなんて？　すいません、イタリア語はまだからっきしで」

「桐ノ院くん、言うてもええ？」

「かまいませんが」

「あのね、守村くんのはめたはる指輪は、意中の人がいはるゆうのを見せつけて彼の妹さんのアタックをかわすためで、桐ノ院くんのは、内縁の奥さんとの秘めた愛のしるしなんやって」

「うっ」

な、なんてことをっ。

「こっちでなら堂々と指にはめてられるさかいうれしいて、ノロケはるんやもん」

しれっとしたポーカーフェイスで、そんなことを言ってたのか！

「オウ、同居シテハルン」

という先生の声に、ギョッと振り向いた。

「ええ、東京は家賃が高いものですから」

圭が澄《す》ました顔で答えるのを聞いて、ほっと胸をなで下ろした。

「ろーまモ家賃ハ高イケド、ほてるハモット高イヨ」

先生がしかめっ面で言った。

「シバラク滞在シハルンヤッタラ、不動産屋サンヲ紹介シタゲルサカイ、あぱーとヲ借リハッタラ。ほてるハ高イ」

「住まいは、ウィーンに用意してありますので」

圭が答えた。

「オ〜ウ」

と先生は肩をすくめた。

「うぃーんハイイ町ヤネ。眠ッテルミタイニ静カデ」

「治安がいいですし、外国人にも慣れていますし」

「デハ、アンタトモマタスグ会ワナァ」

言った先生が、続けた。

「ゆうき、来週ハウチラモうぃーんニ行クサカイナ」

「え……はい？」

「ア、ソヤ、マダ言ウテヘンカッタナ。ゆうきニハ、ウチノ鞄持《かばんも》チュウコトデ、ドコデモ一緒ニ来テモラウサカイ」

「……は？」

「しーずん中ハ、月ノ半分ハ旅ノ空ヤト思ウトイテナ」

「あ、ええと」

「話カワルケド、部屋ハドウデシタヤロ？」

「え？　ああ、広くて」

「自分ノ家ヤト思ウテ、遠慮シハラントイテナ。麻美《あさみ》サンモ慣レテルシ」

「はい。内弟子さんには気ィは遣《つか》わへんさかいに、守村くんもすきにしてくれはったらええし」

　ええっ!?　そ、それって……！

「防音はええし、部屋で練習しはるのは遠慮しはらんでもええし、音楽室も好きに使《つこ》うてもろてかましまへんし」

　そ、それってつまり、僕は、ここに住み込みってことですかァ!?

「守村さんは、ウィーンの住まいからこちらに通う予定なのですが」

　圭がそう異議を申し立ててくれたけど、

「ワザワザ!!　うぃーんカラ!!」

　と先生は目くじらを吊《つ》り上げ、

「ノ、ノ、ノ、ノ！」

　とバタバタって調子で手を振った。

「ソンナ無理セント、ココニ住マハッタラヨロシ！　ウチガオ弟子サン取ル時ハ、イッツモソウシテルンヤサカイ。エエネ、ゆうき！」

ああ……僕に「はい」と言う以外の選択肢があり得ただろうか。あるわけはない……

そして圭も、相手が『世界の巨匠』では、それ以上の反論はできなくて。話は決まってしまった。

ああ、圭、そんな顔しないでくれよ。僕だって、どんなに不本意かっ。

でも、音楽家としての修業っていう面から考えると、これは最高のチャンスを用意してもらったということであり、世話好きらしいロスマッティ先生の手厚い好意というべきであって。だから僕は、感謝の言葉で受け入れるほかはなかった。

「よろしくお願いします」

と頭を下げるほかには……

食後のエスプレッソコーヒーは、食堂の隣の居間だという部屋でいただき（ここも壁と天井はフレスコ画で飾られている）、ここでロスマッティ家の毛皮を着た家族達と対面した。ロッシはグレートデン種の巨大な犬で、最初に見た時はギョッとしたけど、しつけができていてごくおとなしい。僕は手を差し出してあいさつして、この家の新しい一員と認めてもらった。

猫たちは、日本でも見かけるような赤トラと、白と黒のブチで、僕がなでてやるとおとなし

くなでられていたが、僕に興味はないって顔だった。それから、そのまた隣の音楽室に案内された。

食堂や居間の二倍は広いそこには、フルコンサートタイプのピアノがでんと鎮座《ちんざ》していて、一方の壁際には、ぎっしりとスコアが並んでいるりっぱな書棚。そしてもう一方には何本ものバイオリンを納めたガラス戸棚。

先生はそのガラス戸をあけ、中の一本を取り出した。

え？　聴かせていただけるのか!?

どうやらそのようで、先生が調弦《ちょうげん》をされているあいだに奥さんがピアノの前に座り、蓋《ふた》をあけてポロポロポロンと指慣らしをした。

そして、ほんの座興って顔でお二人が合奏してくださったのは、パガニーニの《パドゥアの魅力》。

うわ～うわ～、『ロスマッティのパガニーニ』を、こんなふうに気軽く聴かせてもらっちゃうなんて～……これだけでも、来てよかったよ～。

それにしても、心の準備や気構えを作ったふうもなく、すっとバイオリンを肩に乗せて、すっと弾き出したのに、ちゃんとパガニーニの音がする。

『天才は息をするように音楽をする』というのは、本当だったんだなァ。

ところが、弾き終わると先生は、

「ハイ、ゆうきノ番」

と僕にバイオリンを渡してよこした。

ええ!? ええ～!? ぼ、僕もやるんですかァ!?

「ばっはガエエネ」

と言われて、ドキドキでバイオリンを受け取った。し、しかし、こんないきなり! おまけにバッハなんて言われたって、何を弾けばいいのかっ。

パニクっちゃってた僕は、

「《G線上のアリア》でしたら、僕が伴奏をしましょう」

という圭の助け船に飛びついた。

「う、うん、よろしく」

それにしても、ワインも飲んじゃってるのに、まともに弾けるかな。ああっ、もうっ、ロスマッティ先生の前で初めて弾くんだっていうのにっ。

おまけに楽器は初めて触る借り物で、試し弾きをやった指はあきらかにガチガチにこわばっちゃってて、震えまで来ちゃってて。

「気楽～ニ気楽～ニ」

と先生に笑われてしまった。

「は、はい」

そ、そうだよ、晩めし後のただの余興ってことで、レッスンじゃないんだから。緊張するんじゃない、肩の力を抜け。いいか？

伴奏とのタイミングを合わせるために、ピアノの前に座った圭に目をやった。落ち着き払ったポーカーフェイスの目と目が合って、まるで条件反射みたいにすっと気分が鎮《しず》まった。

うん、だいじょうぶ、行くよ。

震えが収まった指は、ビブラートもちゃんとやれて、圭の伴奏は僕の《アリア》を完璧《かんぺき》に把《は》握《あく》してて気持ちよく合わせてくれて。

無心の境地で音だけに集中して、弾き終えた。

あ、けっこうよく弾けたかも。

と思いながらバイオリンを肩から下ろしたら、

「オ〜、ブラッヴォ〜ッ」

と先生が抱きついてきた。

「ゆうきノ音ハヤサシュテ、ウチ大好キヤワア。ナンヤ聴イテタラ涙ガ出テクル」

言いながら先生は、わたわたしてる僕の顔にチュッチュッとキスの雨を降らせた。

それから、僕の頬《ほお》をぷくぷくの両手ではさんで、にこにこの顔で、赤ちゃんに「可愛《かわい》い可愛い」って言うみたいな調子で、

「まさおガ可愛ガッテキハッタオ弟子サンヲ預カルンヤカラ、ウチニデキルコトハ全部シタゲ

ルサカイ。まさおニ、預ケテヨカッタテ言ウテモラワントナァ」

「あ、ありがとうございます」

たいへんうれしいです。でも、あの、放していただけると助かるんですが。

ああっ、圭の視線が……たのむから、変なことを口走ったりしてくれるなよっ。

「エミリオ？　守村さんも疲れてはるやろし、そろそろおひらきにせえへん？」

という奥さんの声に救われた。

そういえば何時だ？　うっわ、午前一時！

「明日はゆっくり寝てはったらええしね。うちは学校やし、エミリオも出かけるさかい、気がねせんとゆっくりしておくれやす。家政婦はんが来るさかい、なんでもしてもろて」

「は、はい」

「桐ノ院くんも、まだこっちにいはるんやったら遠慮せんとうちにも来とおくれやす」

「ありがとうございます」

「ホナラ、オ～ヤスミ～」

「あ、はい、おやすみなさい」

しかし、寝るどころの騒ぎじゃないって。

廊下に出るなり、さっそく圭に、

「ねえ、どうしよう」

と持ちかけた。

「話は明日しましょう」

と拒否された。

「怒るなよ、僕だって(困った)って思ってて」

「ええ、わかっています。予定は単なる予定であり、未定のことだったのですから、気にしないでいいです」

「そんなのむりだよっ」

「しっ、聞こえますよ」

「う、うん。でも、とにかくさ」

「話すなら、僕の部屋へ来ますか?」

たしかに廊下でゴチャゴチャやってるわけにはいかない。

「あ、そ、そうだね」

とうなずいた。

ところが圭は、

「話だけでは済まないかもしれませんが?」

なんて、意味深な目で見やってきて。

「だめだよっ、そんなことっ」

僕は震え上がって首を振った。この家でそんなこと、できるわけがないだろ⁉

「でしたら、今夜はこれまでということで」

ポーカーフェイス男は冷ややかにそう言って、

「で、でもさっ」

と言いかけた僕を、

「そういうことになりたくないなら、ドアには鍵《かぎ》をかけることをおすすめします」

と黙らせた。

それから、

「きみが悪いのではない、それはわかっています。しかし、この上なく不愉快だっ」

そう言い捨てて、スタスタと自分の部屋の前に行って、ドアをあけて入っていって、バタンッと閉めてしまって。

「圭〜ィ」

でも聞く気もない圭には僕の声は届かず、だいいち何を話し合ったって事態が変えられるわけでもなく、はっきりしてるのは、僕と圭は別れて暮らさなきゃならなくなってしまったということ。

それは、受け入れなきゃならないことだってこと。

「そんな子供みたいにスネないでくれよ〜」

とつぶやいてみたって、僕にはどうしようもなく。

しおしおと部屋に入って、ベッドにころがった。とたんにドッと疲れが出て、くたくたなのを自覚した。

そういえば、飛行機の中ではうとうとしただけで、今朝、富士見の家を出てから、ええと……とにかくまる一日以上たってるのはたしかだ。くたくたにもなるはずだ。

でも、

「あーもー……こんな気分じゃ寝られないよォ〜……」

あれこれ不安でいっぱいの気持ちを支えてきたのは、二人でいられる本拠地を持つっていう一点だった。ウィーンであれ、どこであれ、圭との暮らしは持ち続けられるっていう安心感だった。

もちろん、圭がコンクールに出かけて行く時は、僕は留守番っていう場合もあるのは覚悟してたけど、とにかく基本的には、こっちでも二人で住むっていうのがあって、だから不安だとはいっても、けっこう楽しみにもしてきたのに。

全部チャラだ。おまけに圭はあの調子で、最悪のスタートだ。僕達はこれからどうなるんだ……

僕の勉強はもちろん大目的だけど、圭のコンクールだって大事なのに。僕がそばにいないとだめだって、夜も眠れなくなっちゃいそうだって言ってる奴《やつ》なのに。

……いっそ、先生に打ち明けてしまう？

だめだ、言えるわけがない！

でも、このままじゃ……ヤーノシュまであと一か月しかなくて、圭には万全のコンディションを作らせてやりたいのに……ああっ、どうしよう……！

ハッと目が覚めて、いつの間にかとろとろとしてしまってたのを知った。

「のんきに寝てる場合じゃないんだよっ」

と自分を叱《しか》って、なんとかいい手を考えてみようとした。

でも一度捕まってしまった眠気は強烈で、気がつくと眠ってたっていうふうで。

次に目が覚めた時には、もうカーテンの外は明るくなってて、ぜんぜん眠れた気はしてないけど、時計は八時になろうとしてて。

起き上がって、顔を洗いに行った。鏡に映ったあからさまに寝不足の顔には、かけたまま寝てしまったメガネの跡がくっきりついててぶざまだった。

「あーもー……なにやってんだよ……」

着たまま寝てしまった上着もズボンもよれよれで、要アイロンのありさまだ。

せめて頭をしゃっきりさせようと熱めに調整したシャワーを浴び、スーツケースから出した服に着替えて、

「さて」

と考えた。

ええと……八時半か。圭はもう起きてるのかな。

部屋を出て、隣のドアをノックした。

応答なし。

迷って、ドアをあけて、

「おはよー、まだ寝てる?」

と覗《のぞ》き込んだ。

きちんとメイクされたままのベッド、無人の部屋。

ドキッとしながら、スーツケースを目で探した。よかった、ある。

食堂で話し声がしているのに気がついて、行ってみた。

ドアをあけたとたん、

「Grazie《グラッツィエ》」

と笑いながら言ったカテリーナさんの声が耳に入ってきて、こちらに背を向ける格好で彼女とテーブルをはさんで座った圭の声が、イタリア語でしゃべるのが聞こえて。

僕に気づいたカテリーナさんが、

「Ciao《チャオ》」

と笑った。

「Va《ヴァ》 bene《ベーネ》?」

と眉《まゆ》をひそめた。

圭が椅子《いす》の背越しに振り返って、

「眠らなかったんですか?」

と、とがめる調子で言った。

「いや、寝たよ」

と答えて、

「ボン　ジョルノ《おはよう》」

とカテリーナさんにあいさつし、圭の隣の僕の席に腰を下ろした。

「目が赤いです」

「うん。一応は寝たんだけど、よく眠れなくて」

「時差のせいですね。風呂《ふろ》にでも入って、寝直したらいいです」

「そうはいかないよ」

きみと話をしなくちゃ、と続けるはずだった僕の舌は、

「僕は彼女と出かけてきますので」

という圭のセリフに動かなくなった。

「え?」

「昼食には戻ります」

「Mari～a《マリア》!」

とカテリーナさんが歌うように怒鳴った。

「Si《シ》、Signorina《シニョリーナ》」

と台所口から黒髪の少女が顔を出した。

カテリーナさんと彼女のあいだで、イタリア語でのやり取りがあって、少女が僕に向かって言った。

「シニョーレ・モリムラ、ピアチェレ。ミ　キアーモ　マリア。ドゾヨロシク」

「あ、どうも。よろしく」

「彼女はここの家政婦で、フィリピン人だそうです。イタリア語はほぼわかるようですが英語は片言といった程度ですね。日本語は、さっきのあれだけのようです」

カテリーナさんが、「ケイ」なんとかと言って立ち上がり、圭も席を立った。見れば二人の前に置いてあったのは食後のエスプレッソのカップで、つまり朝食は終えていたらしい。

「では、行ってきます」

そう僕の肩をたたいて、圭は食堂を出て行き、カテリーナさんが弾んだ足取りでついて行った。

「え？　あの、ちょっと」

どういうことだよとつぶやいてみたって、圭はもうイタリア美人と行ってしまってて。まさか、ここへ来て宗旨変《しゅうしか》えってことはないだろうけど、なんか……ちょォッと頭に来るぞっ。

マリアがやって来て、話しかけてきた。飲み物をどうするかって言ってるんだとわかるまでにかなり四苦八苦し、ジュースの種類を言ってくれてるらしいのが聞き取れなくて、二人でため息をつき合い、ついに彼女が、僕を台所に連れていって冷蔵庫の中を見せてくれるという解決策を編み出した。

何だかよくわからないけど、木いちごみたいな絵が描いてあったパックのジュースを、

「これ」

と指さして注文し、それからパンにつけるのはバターかジャムかを聞いてくれてたのがわからなくって、また現物を出してもらっての仕方話をやり……食後に出してもらったエスプレッソは苦くって、でもミルクをくださいという言い方を思い出せなくて。

「グラツィエ」

と台所へ食器を下げにいって、部屋に戻って、ふて寝した。

なんかもうっ、日本に帰りたくなってきたぞ！　ああ、まだ口の中が苦い……

「Ｓｉｇｎｏｒｅ、Ｓｉｇｎｏｒｅ！」

というマリアの声で目が覚めて、昼食だと言われてるらしかったんで、食堂に行った。

ロスマッティ先生と奥さんはもう食事を始めていて、圭とカテリーナさんの姿はない。どこへ行ったんだか知らないけど、まだ帰ってきてないんだ。

「Ciao、ユックリ眠レハッタ？」

今日も陽気な先生にそう声をかけていただいて、

「はい、おかげさまで」

と笑顔を作った。

「ゆうべも今朝も軽かったさかい、おなか空かはったやろ？」

奥さんが言って、洗面器ほどもあるボールに入ったスパゲティをまわしてよこした。

「こっちでは日本と違《ちご》うて、お昼をぎょうさん食べるんよ。言うたらディナーやわね」

ということは、このスパゲティは、噂《うわさ》に聞くスープがわりというやつか？

マリアがパン籠《かご》を持ってやって来て、僕の前に置いた。いや、たぶんパンはいらないと思いますけど。

「ワインでええ？　お水？」

「ああ、水をいただきます」

「ガス入り？　なしのがええ？」

「ええと、ガス抜きのをお願いします」

僕がひかえめに皿に取ったスパゲティを見て、先生が手で（もっと取れ）というしぐさをされた。

「音楽ハ体力ヤサカイ。ゆうきハイマノ二倍ハ肥エテエエノンヨ」

「あは、すいません、もともと食が細くて」

「そうやろねえ、ほんまに細い細い」

自分もほっそりしてる奥さんに心配顔で言われると、痩《や》せ過ぎだろうかと気になってきた。でもなァ、むりして食べると、そのあと何時間も気分が悪いんだよなァ。

そして、スパゲティをひかえておいたのは正解だった。そのあと、馬が食うのかって量のサラダが出て、魚のマリネが来て、一センチばかりの厚さに切って焼いたジャガイモを五切れも添えたステーキがあって。そのうえさらにチーズが出てきて、とどめにティラミス！

スパゲティをひかえて作っておいた余地なんか跡形もないどころか、食べ過ぎで苦しくて横になりたい気分でエスプレッソをすすっていたところへ、圭とカテリーナさんが帰ってきた。

それも、カテリーナさんは見るからにデート帰りって顔つきでご機嫌だし、圭のほうも満更でもない顔でだ。

僕は、先生に、

「午後の予定は何かありますか？」

とたずね、

「ドコカ観光デモシハル？」

という返事に、レッスンの予定も用事もないらしいと判断した。

「いえ。食事がおいしくて食べ過ぎました。しばらく部屋で休ませていただいてもいいでしょうか」

「ドーゾドーゾ」

と言ってもらって、テーブルを離れた。

「守村さん？」

と声をかけてきた主に、

「ごめん、お先に」

と答えて、食堂を出た。

カテリーナさんときみがいい雰囲気だなんて、邪推する気はないけどね。昨夜のきみじゃないけど、僕としてはかなり不愉快だっ。

重くて苦しい胃をかばって右脇《みぎわき》を下に横になって、昨夜からのあれこれを考えているうちに、本格的にムカついてきた。気持ちがじゃなくって、胃がだ。

こりゃもう吐いちゃわなくちゃしょうがないらしいと思って、そろりと起き上がってトイレに向かった。

便座に手をついてひざまずいて、ゲエッとやったところでだった。

「悠季!?」

と呼ぶ声が聞こえて、ドカドカと圭が駆《か》けつけてきた。

「だいじょうぶですか!?」

「む、向こう、行ってて」

「しかし!」

「ただの、食べ過ぎだからっ」

行ってくれと手を振った。ゲロ吐いてる姿なんて、人に見せたいもんじゃない。

それなのに、まだ圭がぐずぐずしてるんで、思わず怒鳴った。

「向こうへ行ってくれって!」

「何を怒ってるんです。何か誤解をしているなら」

「そんなんじゃないからっ」

「……わかりました。何か薬をもらってきます」

「いいよっ、胃薬なら持ってきてる」

やっと圭が出ていってくれたのはよかったけど、こっちは胃がからっぽになれば楽になるはずだったところが、不発のまま吐き気が収まってしまったようなぐあいで、まだ調子の悪い腹をかかえたままプリプリした気分で部屋に戻った。

ベッドに腰かけていた圭は無視して、ころがった。

「だいじょうぶですか?」

「ぜんぜん」

「薬は?」

「どうせたいして効きやしないけどね」

「水を持ってきましょう」

「水道のじゃだめか?」

「ローマは水質は悪くないはずですが、ミネラルウォーターのほうが安全です。持ってきますので」

「うん」

圭が出ていく音を、目をつぶって聞き送って、

「なんだかなァ……」

とつぶやいた。

圭に八つ当たりしてどうするんだよ。それこそ、コンクール前の足を引っぱるってもんじゃないか。

しっかりしろ、守村悠季。だいたい、おまえ、いくつだ? 今年で二十五の、いい歳《とし》をした男なんだぞっ。

そもそもだね、おまえが、初めての留学だなんてさんざんビビッて見せたもんだから、そう

じゃなくても心配性の圭がますます心配屋になっちゃってるんだぞ。でもっておまえは、それをいいことに、オンブにダッコでいればいいつもりになってて。情けないと思わないのか？　はっきり言って、情けないよ！

考えてもみろよ、早い子なら十五、六で留学したりしてるんだぞ？　みんな一人でやって来て、言葉の壁やなんかも自分でなんとかしながら勉強してるんだ。

それを、おまえはどうだ？　圭に頼るのがあたりまえみたいな気になって、自力でがんばろうなんてことは、これっぽっちも考えなくって。

みっともない！　それでも男か!?　しゃっきりしろ、しゃっきり！　そんなことで圭のパートナーが務まると思ってるのか！

「ということで、復活したぞ、僕は」

つぶやいて起き上がって、まだムカついてる胃を（おまえもしっかりしてくれ）となでてたところへ、圭が戻ってきた。

「ああ、サンキュ。いや、グラッツィエか。手間かけちゃったね」

明るい調子で言った僕を、圭はうさん臭そうな顔で見やってきて、

「もう機嫌は直ったんですか？」

と言った。

「べつに機嫌が悪かったわけじゃなくて、吐いてるとこなんて見てられたくなかっただけさ」

と返した。

「それならいいのですが。今朝は説明なしで出かけてしまいましたので」

「デートは楽しかった？」

「誤解です」

「あはは、あたりまえだろ？　きみが先生を誘って出かけたとかいうんならともかく」

「怒りますよ」

「で、どこに行ってきたんだい？」

それと、きみはともかく、彼女のほうはやたら楽しそうだったけど、変な誤解なんてさせてないだろうね」

「僕が彼女に気があるとか？」

「うん。なにしろきみはハンサムだからさ」

「ゲイだと話してありますので」

「げっ⁉」

ギョッとした、なんてもんじゃなく、本気で胃袋がでんぐり返った。

「うぷっ」

や、やばいっ。

必死でトイレに駆け込んで、結局は圭に背中をさすられながらゲエゲエやるはめになってしまったけど、きみのせいだからなっ！

水歯磨《みずはみが》きで後口をうがいして、どうにか人心地《ひとごこち》を取り戻すと、

「なんでそんなことを言ったんだい！」

と詰め寄った。

「ですから、彼女におかしな誤解を持たれないようにですね」

「だっ、だからって！　そ、それが、先生の耳に入ったら⁉　いや、その、きみのことは愛してるけど、来た早々に破門とかになって追い返されたりしたら、福山先生になんて言うんだ⁉　弁解のしようも何もっ」

「口止めはしてあります」

と、圭は落ち着き払った顔で言った。

「プラダのバッグで買収しました。彼女がご機嫌だったのはそのせいです」

「し、しかしだねっ。それだって、ぼ、僕達の関係が彼女に知られたわけだろ⁉　当分はおなじ屋根の下で暮らさなきゃいけない女性に、変な目で見られたりしたら、僕はっ！　どんなにきみを愛してたって、僕はそういうのには弱い小心者なんだってこと、きみにだってわかってるだろっ⁉」

「そこまでは言っていません」

ママアアという口調で圭は言った。

「ですからきみには、今後の彼女からのアタックに充分な用心をお願いします。甘言に乗ってデートをさせられたりしないように、言動には注意してください。いいですね？」

「いいですね、って……僕がモテる男かどうかは、きみだってわかってるくせにさ」

「そうそう、マリアにも油断しないこと。通いだそうですので夜は心配ないでしょうが、シェスタを襲われたりしないように」

「昼寝中に何をするって？　ばかな心配してるんじゃないよ」

それで、圭に言うことがあったのを思い出した。

「あのさ、こうなってみてやっと思いついたっていうのが情けないけど、僕はだいじょうぶだから。高校生で留学して来る子もいるんだし、先生は日本語ペラペラだし、奥さんは日本人だしね。僕のことは心配ない。

で、きみのことだけど、先生に相談して週休の日を決めていただいて、僕がそっちへ行くっていうのはどうかな。理由は何とでもつけられると思うから。

その、最初の予定よりは、一緒にいられる時間が減っちゃうわけだけどさ。妥協案ってわけで……だめかな」

つけくわえたのは、話しているうちに、圭が僕にも内心を読ませない無表情のお面をかぶり込んでしまっていたからだ。

「あの……圭？　だからさ、僕だって不本意なんだってことは、わかってるよな？　そりゃ、昨夜の演奏聴いただけだって、ロスマッティ先生はすばらしい方で、その内弟子ってことになれば得られるものはすごく大きいと思うけど……たしかに、そうは考えてるけどね、でもさ……きみがそんな顔をするんなら何とかするよ」

「何とかする、とは？」

「だからさ、先生にご相談して、通いでレッスンをつけていただくとか」

「巨匠と生活を共にし、今後のすべての演奏を舞台の袖《そで》から拝聴《はいちょう》できるという得がたいチャンスを、僕などの顔色を気にして棒に振ろうというんですか？」

「そうだよ。僕にとっては、きみは『など』なんかじゃないからね」

「音楽家としてのたがいを高めつつ、伴侶《はんりょ》として愛し合っていこうと決めたことは、どうなるんです？」

「だから、それはさ」

「きみは、いま自分がどれほどばかげたことを言っているか、わかってるんですか？」

真顔で睨《にら》んで来られながら言われて、僕は目を伏せた。

「わかってるさ。でもきみは大事な挑戦をひかえてる。僕のできることはできるだけしてあげたいんだよ」

「それは、きみの挑戦への僕の協力に対する礼心という意味でしょうか？」

「まあね」

「ではきみは、パートナー間でのギブ&テイクについて考え違いをしています」

「いや、べつに義理を感じてるとかそんなことじゃない。純粋に僕の気持ちとして、こんどは僕がきみの役に立ちたい」

もちろん僕じゃ、安眠枕《あんみんまくら》ぐらいのことしかできないのはわかってるけどさ。でも」

ドアがちゃんと閉まっているのを確かめてから、僕は圭の肩に腕をまわして頭を寄せかけた。

「僕の気持ちとして、きみを一人で置いておきたくない。一緒にいたいんだ。だから……その……もしも必要になったら、先生にほんとのことを打ち明けるよ。きみを愛してて、女々《めめ》しかろうが何だろうが、離れてなんて暮らせないんだって。まだ新婚一年目なんだから、わかってくださいって、さ。言うよ。でもって、ゲイなんかには教えられないって言われたら、それまでさ。福山先生のことだって……破門でいいよ。僕にはきみのほうが大事だ」

「バイオリンよりも?」

「……うん、バイオリンは一人だってやれる。僕は天才じゃないけど、時間をかけてコツコツやれば『秀才』として身を立てる道だってあるんじゃないかな。僕はそう思う」

「現実を無視した夢想ですね」

なんて冷たい返事が返ってきた。

たしかにそうなんで、カッとなった。

「だったら、どうしろって言うんだよ!」

と怒鳴り返した。

「きみがそんなふうにスネちゃってて、またコンクールに失敗したりするくらいなら、僕のほうを棒に振ったほうがマシなんだ！

昨夜の先生の演奏、聴いたろ？　あれが天才の弾くバイオリンってやつさ、僕とは雲泥《うんでい》の差だったろ？　あの差が、努力なんかで縮まると思うか？　天才と凡才の差を越えられた人間なんていると思うか？」

僕達はベッドに腰かけて肩と肩を寄せ合って座っていて、だから振り向かなければ圭の表情は見られなくて。

「それこそが、情けないですよ、悠季」

言った圭の冷ややか声音《こわね》は、顔なんか見なくたって充分に雄弁で。

「だってさァ……」

と僕は首をうなだれた。

「だって……」

「きみの口説《くど》き文句を楽しむのは、このへんにしておきましょうか」

けろりとした声で言われて、ナニ!?　と見やった。

圭は、鼻の下が伸びきってるってな顔で笑ってた。

「騙《だま》したなっ！」

とネクタイの結び目につかみかかった手を捕まえられて、ベッドに押し倒された。

放せよっとあらがいながら言ってやった。

「きみがあんまりガックリしてたから、このまんまじゃ連戦連敗なんてことになったりするんじゃないかって心配で、胃が悪くなるほど悩んだってのに！」

圭は僕を組み伏せたまま、ニヤニヤ顔で言った。

「ありがとう。うれしいですよ」

「それが、口説き文句を楽しんでたって⁉　ふざけるんじゃないよ！」

「すみません。あやまります」

「言っとくけど、僕は本気だったんだからな！　あとでしこたま後悔することにはなったかもしれないけどねっ」

「おかげで、あきらめがつきました」

言った圭が、ついてた腕を曲げて僕の上に覆《おお》いかぶさってきた。僕の頭の横に頭を並べて、ホゥッとため息をついた。

「一緒がいいよ……ほんとだよ」

コロンを香らせているオールバックの髪に手をすべらせながら、僕は圭の耳にささやいた。

「でも、さァ……」

「僕はローマという町は好きではない」

圭がささやき返してきた。

「つねに観光客でごった返しているふうで、スリは多いし、掏《す》られた気分は最悪ですし」

「え？」

と思わず頭を上げた。

「盗《と》られたのかいっ!?」

「じつは」

「いっ!?　今日!?　何を!?」

「小銭入れですので、実害はたいしたことはありません」

「危ないなァ。パスポートはちゃんとあるかい？　確かめたんだろうね」

「これにはお守りが入れてあるので、盗られることはありませんよ」

圭は言いながら、僕の上から降りて僕の隣に横になり、上着の内ポケットから赤い冊子《さっし》を取り出した。

「ほらね」

と見せてくれたのは、ビニールケースの内側にはさんだ僕の写真！

「なんだよ、これがお守り？」

くすぐったい気分で言ってやった。

「ええ。きみの写真が入っていると思えば、しぜんと死守する態勢になる。隙《すき》がなければスリも手は出せません。だから、カード類を入れてある札入にも」

「僕の写真を入れてあるって？」

「いえ、こちらには二人で写っているのを」

その得意げな口調に、

「プッ」

と笑ってしまった。

「えー、でもそんなの、いつ撮った？」

「父が雇った探偵の成果を、横流しさせまして」

「うっそ。ちょっと見せて。変な写真じゃないんだろうな」

「変な写真とは？」

「そ、その、へ、変な写真だよ」

「ベッドシーンでしたら、お守りとしては最強だったんですがね」

「ばか言ってんじゃないよっ、そんなの撮られてたら舌かんで死ぬぞっ」

「ただの街角でのツーショットですよ」

見せてもらって、本当なのを確かめて、そのまま写真の中の僕達に見入った。

そうかァ、圭と歩いてる時の僕って、こんな顔をしてるのかァ……

その、くすぐったいようにどっちも幸せそうな表情を見ながら、言った。

「あきらめた、ってさ……だいじょうぶなのか？」

コンクールに向けてぎりぎりの努力をするんだろう、きみの心は？　体は？　僕っていう息抜きがそばにいなくても、ちゃんと寝たり食べたりできるのかい？

「何とかしますよ」

「そう……でもさ、あんまりむりをするようなら」

あれはちょうど東コンの準備をしてた頃《ころ》。きみは不眠症なんてもんになっちゃって、痩《や》せちゃって。僕はあれで、きみもけっして不死身のスーパーマンなんかじゃないのを知った。むしろきみには、硬く鍛《きた》えた鋼《はがね》がある種の衝撃にはポッキリ行っちゃうような、ひどくもろい面もあるみたいで……心配だ。

だから、

「僕を愛してるなら、たまには弱音も吐いてくれって、頼んどく」

「ええ、この際ですので、祖父に泣きつくことにしました」

「え？　……お祖父《じい》さんに？　何を」

「融資を頼みまして」

「へっ？　融資って」

「借金です」

「それはわかるよ。何でだって聞いてるんだっ」

「思いのほか、値が張りましてね」

「何の？」

「住まいです」

「へ？」

ぜんぜん話が見えなくってしかめっ面になってしまった僕に、圭が得々とした調子で言った。

「ローマという町は好きではないのですが、きみがいるなら相殺《そうさい》ということで、アパートを借りました」

「はあっ⁉　じゃ、じゃあ、ウィーンのほうは⁉」

「あちらはあちらで確保しておこうと思います。あと二か月もすればバカンスのシーズンに入りますし」

「や……けど……」

お祖父さんにお金を借りてまで、ローマとウィーンにアパートを二軒⁉

「ちょっと、それってさ」

贅沢《ぜいたく》過ぎないかい⁉　と言おうと思った僕の口をキスでふさいで、そんなとんでもない金食いのわがままを押し通す気らしい男は、

「バチカン宮殿の近くで、テラスからはテヴェレ川が見晴らせる、ここよりも眺めのいい家ですよ」

と、ほほえんだ。

「気分がいいようなら、散歩がてら新居を見に来ませんか」

「あ、その」

「僕は今夜からあちらに移ります」

「え？　そうなのか？」

「ロスマッティ夫妻には先ほど、その旨《むね》のあいさつを」

「でも、そんなにいきなりでベッドとかあるわけ？」

「家具付きの家ですので。シーツなどの細かい物は買いそろえなくてはなりませんが」

たしかに圭としては、縁はできてても世話になる理由のない家に何日もいるのは、気づまりかもしれないし、僕としても、自分の家でもないのに引きとめは言えない。

そこで僕は、

「じゃあ、出かけるあいさつをしてくるよ」

と部屋を出た。

ちょうど廊下を曲がってきた人物とあやうくぶつかりかけて、とっさに、

「すみません」

とあやまった。

「Niente《ニエンテ》」

と答えたすらりと背の高い青年を、思わずまじまじと見つめてしまったのは、ＣＤのジャケットで見た、美青年だったころのロスマッティ先生によく似ていたからだ。

栗色《くりいろ》の髪に茶色の目の、破れたＧパンにＴシャツという格好の青年は、ぶしつけな僕の視線をひるむでもなく受け止めると、ふっと口元をほころばせた。

「ユウキ？」

ああ、そうか、カテリーナさんが言ってた弟さんだなと思いながら、

「シ」

と答えた。名前はなんだっけ、ええと、

「カルロ？」

どうやら合ってたようだ。

「Ｃｉａｏ」

と笑った彼がすっと手を差し出してきたんで、僕も手を出した。でも、彼の手は僕の手は握らずに素通りし、（え？）と思った時には彼の両手は僕の肩をはさんでいて、すっと彼の顔が近づいてきたと思ったら、唇にチュッと。

それはまるですんなりと自然なしぐさだったんで、僕は予感もできなかった。されてしまってから、（えっ!?）と思った耳に、

「Ｓｔａｃｃａｔｉ《スタッカティ》！」

というバリトンの怒声が響き、一瞬後には僕は乱暴に圭の背中の後ろに押し込まれていて。

「E《エ》tu《トゥ》 Chi《キ》sei《セイ》!」

と鋭く言った圭の声音から、言葉の意味がわかった。

「あ、カ、カルロくんだと思う。カテリーナさんの弟さんの」

言った僕に、

「泥棒にクンやサンなどをつけることはありませんっ」

叱《しか》り飛ばすように答えた圭が、すっと右手を上げた。

「えっ、ちょ!?」

でもその時には、圭の手は空を切って、カルロくんの頬《ほお》でパンッと音を立てていた！

ふっ……と一瞬、気が遠くなったような感じがした。

いや、いっそ気絶でもしたい気分だった。できるものならば。

でもあいにくと、僕の神経はそういった繊細《せんさい》さは持ち合わせていなくて、つまり逃げ道はなかった。

圭が、僕にキスしたとがで、ロスマッティ先生のご子息に平手打ちをかましたというこの一件は、僕が収めなくちゃならない。

そして事は急を要した。

カルロくんが、ほっぺたをひっぱたかれたことへの抗議らしい早口のイタリア語を、大声でベラベラやり始め、それへ怒鳴り返すって調子で圭もベラベラまくしたてて。

ケだのカだのチェだのっていう発音が耳につく、イタリア語での言い争いの中身は、僕にはまるで推理のしようもなかったけど、石造りの建物の廊下にビンビン響く荒い声での怒鳴り合いが、先生達の耳に届かないはずはない。

「圭っ、圭！　やめてくれって！　頼むから穏便《おんびん》にっ！」

なんとか二人のあいだに割り込もうとしたけど、圭に肩をつかまれて、(引っ込んでいてください）とばかりに圭の後ろに押しやられ、

「やめてくれったら！」

と怒鳴っても、圭にもカルロくんにも無視されて！

「ドナイシハッタン!?」

と居間のドアから出て来られたロスマッティ先生に、どう説明のしようもなく。

「け、圭！」

と必死で腕を引っぱって、やっと振り向いてくれた圭に、(先生がっ）と目で伝えた。

圭は、僕に向けた視線を動かして先生を見つけると、手でのジェスチャーをまじえながら、ビシビシと抗議する調子のイタリア語で何か言った。

先生がイタリア語でペラペラッと答え、圭がまたそれにガミガミと答えて、先生が太った肩

をすくめた。

気が気じゃない僕は、何を言ってるんだか教えろと圭の上着の袖《そで》を引っぱるんだけど、圭は先生とのやり取りに集中してるふうで。

やがて、

「Non《ノン》 prendertera《プレンデルテラ》 cosi《コジ》、ti《ティ》 chiedo《キエド》 scusa《スクーザ》」

と両手を広げてみせた先生が、

「ゆうき、カンニンナア」

と僕に笑いかけてこられた。

「Carlo《カルロ》ガきすシタノハ、親愛ノ情ヤカラ。悪ウ思ワントイテナア」

「あ、はい、僕はべつに」

と笑ってみせた僕の頭の上で、

「今後二度とこういったことがないよう、善処を期待します」

と言ったバリトンの持ち主を、

「圭っ」

と振り返り睨《にら》んだ。

でも圭は、口を閉めてはくれなくて、

「日本の生活習慣においては、唇と唇を触れ合わせることは、夫婦または恋人同士のあいだでしか行なわないことですので」

と、先生に向かってレクチャーを。

「ちょっと圭、先生は日本通でいらっしゃるんだから、そんなことはご存知」

言いかけて、僕に聞かせるために言ったのかなと気がついた。先生とのイタリア語でのやり取りは、そういうことを言っていたんだと教えてくれるために？

「Ｃａｒｌｏ」

と先生が息子さんを呼ばれ、叱言《こごと》らしいことを二言三言ペラペラッと言ってから、

「アラタメテ紹介サシテモライマスワ」

と僕に目を向けて来られた。

「あ、はい」

「ウチノ二番目ノ奥サンガ残シテクレタＣａｒｌｏイイマスネン」

「先生のお若い頃にそっくりでいらっしゃいますね」

と言ったら、

「ウチハモットはんさむヤッタエ」

先生はそう顔をしかめてみせ、僕は笑ってカルロくんに握手の手を差し出した。

「ゆうき・もりむらです。ええと、フェリーチェ　ディ　コノッシェルラ」

カテリーナさんの弟だってことは、二十歳ぐらいなんだろう。見れば見るほどハンサムな彼

は、差し出した僕の手を受けてはくれたけど、ちゃんとじゃなく指先だけ握った。

（うわァ、嫌《きら》われちゃったか）

と思ってたら、すっと腰を折って、指先を握った僕の手の甲にチュッと。

「Ｃａｒｌｏ！」

という先生と圭との二重唱に、ヒラリッと先生の後ろに逃げ込んで、

「美人ハ歓迎」

と僕にウィンクし、

「ミ　アーモ、マタアトデネ〜」

と食堂に飛び込んでドアを閉めた。

「僕は男です！」

と言い返したのは、聞こえたかどうか。

コホンという咳払《せきばら》いに振り返った。

ちょうど圭が、じろりと先生に目を向けたところだった。僕ぐらいの背の方なんで見下ろす格好になる先生を、睥睨《へいげい》するって感じの目つきで見やって、言った。

「守村さんに、無礼があった場合には彼を殴っても差し支えないという許可を与えていただきたい」

「や、やめろよ、圭。あんなのはただの冗談じゃないかっ」

上着の袖を引っぱって言ったけど、圭は頑とした顔で先生を見下ろしてて。

……僕は破門を覚悟した。

短いご縁でしたが、うれしかったです。少なくとも一回だけは、巨匠ロスマッティのパガニーニを生で聴かせていただきましたし。昨夜のあれだけでも、イタリアまで来た甲斐《かい》としては充分です。

首をうなだれた僕の耳に、先生がハアッとため息を吐き出すのが聞こえ、僕は（福山先生になんて言ってお詫《わ》びしよう）と思った。

過保護な僕の友人が、先生の息子さんに平手打ちをかましてしまいまして、破門になりました……なんて言ったら、先生はさぞ呆《あき》れられるだろうなァ。

先生がイタリア語で何かおっしゃった。

「友人です」

と圭が日本語で答えた。

「とても大切な」

ハアとまた先生がため息をつき、

「ゆうき？」

と僕を呼ばれた。

「はい」

とこわごわ顔を上げた。

先生は、何かで見た『太陽』の仮面みたいにニッコリと笑っていらした。

「とうのいんクンハ日本人ニハ珍シク、ハッキリモノヲ言ワハルネェ」

「も、もうしわけありません」

「ノ、ノ、エエコトヤネン。ゆうきモ、変ナ遠慮シハッタラアカンヨ」

それ……って、破門にはならずに済んだってことか？

「Carloノコトヤケド、アノ子ハオ母サンニ似テ意地ッパリヤサカイ。ウチモ手ェ焼クぼんぼんヤケド、マ、アンジョウツキオウテヤッテナ」

「は、はい」

どうやらこの件は不問にしてもらえるらしいとわかって、僕は心底ほっとした。

それにしても、またこんな騒ぎで先生をわずらわせたりしないように、しっかりしなくちゃ。

「さて、出かけましょうか」

と言われて、

「え？」

と圭を見やった。

「僕のアパートを見に行きがてら、近辺の見物をする予定でいたではありませんか」

と、とがめるような目で睨まれて、

「あ、そ、そうだったね」

と返事した。

でも、勝手に出かけるわけにはいかないから先生にお伺《うかが》いを立てたら、

「ソナイニイチイチ気ィ遣ワハランデモエエシナ」

と、ちょっと呆れてる顔で言われてしまった。

「うぃーん行キハ来週ノ水曜日カラ一週間。ソノ後ノ予定ハ、Lorenzo《ロレンツォ》カラ聞イトイテオクレヤス。週末ニ来ルサカイニ。

ソノホカノすけじゅーるハ、ゆうきガ自分デ決メテ好キナヨウニシハッタライイシナ。ア、ソヤ、ごはんイラン時ハ麻美サンカまりあニ言ウトイテ。ソレト、コレ、アゲトカナ」

言って、先生がポケットから出して来られたのは、鍵《かぎ》が三つついたキイホルダー。

「コレガ外ノンデ、コッチガ玄関ノンデ、コレガ部屋ノンヤカラネ。ココノ住所ト電話番号ハ、とうのいんクンニハ言ウトイタケド」

「僕から伝えておきます」

圭が受けて、続けた。

「そろそろお時間ではないかと」

先生は腕時計をのぞいて（オウ！）という顔をされ、

「イヤ、ホンマ。ホナマタネ」

と僕達に手を振って、せかせかした足取りでご自分の部屋のほうへ立ち去った。

「では、出かけましょうか」

圭が言って、気障《きざ》なしぐさで（出かける支度を）と手を振った。

「あ、うん」

僕は部屋に戻って、パスポートや財布やらをポケットに入れ、ローマの市内地図とボールペンも持って部屋を出た。

ええと鍵をかけるのか。面倒だな。まあ、アパートにいたころと同じだって思えばいいんだけど。

廊下で待っててくれた圭の横にスーツケースがあるのを見て、別居するんだなと実感した。

おいおい、そんなことぐらいでヘコむなって！

「お待たせ」

と笑ってみせて歩き出した後ろから、人間のじゃない足音がついてきた。

「やあ、ロッシ。今日はまだ会ってなかったね」

食堂には入らないようにしつけてあるみたいで、朝食の時も昼食のあいだも、彼の姿は見かけなかったんだ。

大きなグレートデンは、声をかけた僕は無視して追い越して行って、先を歩いてた圭に追いつくとパタパタと尻尾《しっぽ》を振った。

圭はロッシに気づいても無視して歩いていき、玄関のところで立ち止まってスーツケースを置いたところで、

「ロッシ」

と犬に目をやった。

声をかけられてうれしいというふうに尻尾を振りまわしたロッシに、まじめな声音《こわね》で言った。

「きみに僕の大事な人の護衛役を命じます。僕のかわりに悠季を守れ。いいですね」

プッと笑ってしまった。

「犬なんかに頼むなよ」

「犬の手も借りたい心境ですので」

「カルロくんのこと？　あんなの、ふざけただけの冗談だって」

「そうですか」

圭はポーカーフェイスでうなずいて、ロッシに目を戻した。

「命令を変更します。きみは護衛と同時に悠季の監視役も務め、何かあったら僕に電話をよこすこと。いいですね」

「おいおい〜」

「電話番号は追って連絡します」

犬相手にまじめくさった顔でやるなよ〜。

「では、また近いうちに」

頭をなでてやった圭の手を、ロッシはうやうやしくといった感じになめた。

「すっかりなつかせちゃったんだね」

と言ったら、

「犬は上下関係で行動しますから」

と返ってきた。

「じゃあ、きみはロッシのボスになったってわけ?」

「いえ、ボスはむろんロスマッティ氏でしょうから、僕に対しては上位者への恭順《きょうじゅん》をしめしているというところでしょうか」

「なるほどね。僕なんかケンケンにナメられちゃって、散歩係のあつかいだったよなァ」

靴を履《は》いて玄関のドアを開けようとしたら、ロッシが飛び出して行こうとしたんで、あわててドアを閉めた。

どうしよう、と圭を見やった。

圭は、

「座れ」

と手ぶりをつけてロッシに命令し、言うことを聞いて座り込んだ犬に、

「そのままスタップ」

と言いつけてドアをあけた。

「お先にどうぞ」

「あ、うん」

ロッシはとってもついて来たそうな顔で僕達を見送ったが、圭の命令に逆らうことはできなかったみたいで、僕達は無事に出発できた。桐ノ院圭の指導力は犬にもおよぶ、か。

門を出ると、タクシーが待っていた。

「あれ、呼んどいたの？」

「ええ。荷物がなければ、タクシー乗り場まで歩いてもよかったんですが」

「そうか、この通りはタクシーなんて通らなそうだよね」

使い込んであるしるしのいろんなシールが貼《は》ってある大きなスーツケースをトランクに詰め込み、僕達も乗り込んで走り出したところで、圭が言った。

「この路地は『芸術家通り』というそうですよ」

「へえ」

「芸術家通り十七番地というのが住所です」

「あー、イタリア語で言うと？」

「Via《ヴィア》 degli《デッリ》 artisti《アルティスティ》、diciassette《ディチャッセッテ》」

「ディチャ……え？」

「Diassette。十七番という意味です」

「……メモを見せたほうが早そうだね」

「慣れるまではですね。言葉のわからない観光客だと思われると、料金をごまかされたりする場合があります」

「あー……早くイタリア語をマスターしなくちゃな」

「言語は慣れですよ。三か月もすれば、意思の疎通には困らなくなります」

「三か月……百日か。うん、それを目標に、まずは言葉の壁を乗り越える努力をしよう」

「時間が取れるようなら、語学校に入るのも手ですが」

「中年以上で美人じゃない女性の先生が教えてくれるところ？」

「は？」

「男性や若い美人の先生だと、心配するんだろ？」

「……多少は」

すなおに認めたやきもち男に、クスッと笑ってしまったら、横目で睨まれた。

「なんだったら、鍵のかかる鉄製パンツでも穿《は》こうか？」

とからかってやった。

「そんなに僕が信用できないんならさ。顔にも鉄仮面でもする？」

「いじめないでください」

と圭は情けなさそうに言った。

「きみを信用しないわけではなく、きみの危機回避能力が信頼できないだけです」

それって結局、僕を信用してないってことじゃないか？　と思ったけど、突っ込むのはよしておいた。圭に悪気がないのはよくわかってるし、ついさっき心配屋の杞憂《きゆう》を裏付けるようなヘマをやっちゃったばかりだし。

「カルロくんのことだったら、今後は充分に気をつけるよ。まさか、ああ来るとは思わなかったもんだから」

こっちにも隙《すき》があったことを認めて反省して見せた僕に、圭は、あんまり信用してない顔で、

「ぜひ、そのように」

と言った。

「はいはい、気をつけます。

ところできみのアパートって、どのあたりだって？」

石畳の道をけっこう乱暴な運転で飛ばして行くタクシーの、砂利敷《じゃりし》きの農道を走ってるみたいな振動に顔をしかめながら、持参の地図を取り出してガサガサと広げた。

「バチカン市国の南に、Ｍｏｎｔｅ《モンテ》　Ｇｉａｎｉｃｏｌｏ《ジャニコロ》という場所があるでしょう」

「あー……ジャニコロの丘？」

「ええ。『ローマの七つの丘』の一つの高台ですが、その北端のあたりにＰａｌａｚｚｏ《パラッツォ》　Ｓ《サ》

alviati《ルビアーティ》という建物が」

「あーと、サルビアーティ宮殿？」

「その近くです。あー、この道沿いですね」

地図を覗《のぞ》き込んできて、指でさして教えてくれた。圭のコロンの香りがふわっと鼻先をかすめた。そういえばブルガリって、イタリアのメーカーだったんじゃなかったか？

「この地図には載っていませんが、これからこの通りへ降りる階段の道がありまして、僕が借りた部屋はそちらに面しています。いまは荷物がありますので、こちらの道から行きますが、この階段はなかなか風情《ふぜい》がありますよ」

「ふ〜ん」

「このあたりは川に向かった斜面になっていて、階段状にアッパルタメンティ《アパート》が並んでいまして」

「へえ、じゃあ眺めがよさそうだね」

「きみも気に入ると思いますよ」

言った圭が、

「Signore」

と運転手に呼びかけた。何かたずねる調子でのやり取りを、

「Si」

と終わらせて、僕に言った。

「せっかくですのでPonte《ポンテ》 Sant’Angelo《サンタンジェロ》を……サンタンジェロ橋を渡ってもらうことにしました」

「あ、うん」

いったいどこをどう走っているのかはわからないまま、五、六階建ての石造りの建物や教会が立ち並ぶ、僕にとってはもの珍しいばかりの異国の街並みを通って、ポプラ並木の川沿いの道に出て、テヴェレ川だと教えてもらって。

やがて観光案内書で知っていた、両側に六対の天使の大理石像が並んでいる橋が見えてきた。

「ああ、あれだね」

「橋を渡った正面がサンタンジェロ城です」

「うん」

牢獄《ろうごく》として使われた歴史があったり、有事の時の法王の避難場所としてバチカン宮殿とのあいだに避難通路が設けられているという茶色い石造りの要塞《ようさい》は、思ってたほど圧倒的でもなかったけれど、それなりの威圧感を与えて車窓を横切っていき、タクシーはふたたび川沿いの道を走り出した。

それにしても自動車が多い。イタリアの首都なんだからあたりまえかもしれないけど、古びた街並みにゴタゴタ交通量が多いっていうのは、なんとなく違和感だ。

「サンピエトロ寺院が見えますかね、この方角ですが」

「あー……あ、あれかな?」

でも道はすぐに川の湾曲にしたがって曲がっていってしまい、病院だという大きな建物の前を通り過ぎたところで、右折。

「デッラ・ローベレ広場です」

と圭が解説してくれていたあいだに、車は左折して坂道を登り始めた。

運転手が声をかけてきて、圭が、

「Si」

と答えて二言三言つけくわえ、やがて僕達はロスマッティ先生のお宅と似たような建物の前でタクシーを降りた。

料金メーターを見たら『21000』って数字なんでギョッとしたけど、「×0・07」でリラを日本円に換算してみたら千五百円程度だったんでホッとした。

見てたら、圭は運転手に二万五千リラ払った。二千リラは荷物の運送代で、残りはチップだったそうだ。僕も早くチップの計算方法とかに慣れなくっちゃ。

五階建てのアパートメントは、

「十九世紀の建物だそうです」

ということだったけど、ここもちゃんとエレベーターはついてるし、内装もきれいだ。

圭の借りた部屋は最上階で、川に向かって右端の角部屋だった。先生のお宅ほどじゃないけどやっぱり天井が高くって、ドアの大きさもそれなりで、圭の身長でもしっくり収まる感じだ。

「きみってヨーロッパサイズなんだね」

「たしかにこちらですと、ドア框《かまち》に頭をぶつけるといった事故はやらないで済みます」

「天井は、このくらいの高さのほうが落ち着くね。先生のところは、頭の上の空間が広過ぎてさ」

「あの時代の建物には『貴族の階』というのがあるんです。外から窓の間隔を見るとよくわかりますが、一階二階ぐらいがあした天井の高い造りになっていて、建物の主人一家が住むフロア。上階の天井の低いフロアは、使用人達を住まわせた階というわけで、室内の装飾などにも歴然とした差があります」

「ふ～ん。そういえば、ここは壁画はないけど、僕はこっちのほうが落ち着くな。白壁の家で育ったせいかね」

「僕も、あまりゴテゴテとデコラティブな内装は好きませんね。珍しいうちはいいのですが、だんだんうるさくなって来る」

「あは、そんな感じだよね」

床は木製で、百年前とかのものなのか、どことなくやわらかい踏み心地がするのがいい感じだ。

部屋は全部で三つあって、そのほかにキッチンと風呂場《ふろば》と五坪ぐらいの広いテラスがあるっていう贅沢《ぜいたく》な造り。

廊下から入ったすぐの部屋は、日本間でいうなら十畳ぐらいの広さで、右手にキッチンがあるから食堂兼居間っていう使い方かな。備えつけの家具なんだろう、アンティーク調のどっしりした色合いの木のテーブルと椅子《いす》が、部屋の主人顔で据えてある。

左手のドアを入ってすぐの部屋は、食堂とおなじぐらいの広さに小さな明かり取りの窓が一つきりで、落ち着いて眠るのにはよさそうなベッドルーム。これまたアンティーク調のダブルベッドと、僕が入って隠れられそうな大きなワードローブが据えてある。

そして、食堂からも寝室からも行けるようになっているベランダに面した部屋は、ちょっとびっくりの広さだった。食堂と寝室を二つつなげた幅の横広の空間は、サンルームって感じでテラスが見通せるんで、よけい広く見えるようだけど、それにしても二十畳はあるんじゃないだろうか。

「建築家がアトリエに使っていたそうです」

という圭の説明に、

「これを見て決めたんだろ」

と言ってやった。

「あのマンションの部屋に雰囲気が似てる」

「そうですかね」

「うん、なんとなくだけどね」

台形とも言えない変則的な四角形のだだっ広い空間に、大きなベッドが一つとオーディオセットとCDラックが置いてあるだけだったあの部屋は、僕達が引っ越したあとは生島《いくしま》さん達が住んでたけど、生島さん達はアメリカに移住し、いまは空き部屋になっている。

僕達二人の、最初は強姦《ごうかん》なんていうとんでもない事故から始まり、苦しかったり甘かったり死ぬほどどせつなかったりした恋の履歴《りれき》が書き込まれているあの空間は、たぶん何年たってもなつかしく思い浮かべる場所だろう。

「ここにピアノを入れるのかい？」

と聞いてみた。

「今週中には来るはずですが、催促を入れておかないといけないでしょうね。一応、ロスマッティ氏の紹介の楽器商なのですが」

「ああ、だったら心配ないよね」

「ラテン気質を甘く見ると失敗します。約束というのは、こちらが守らせるのだといった考え方でいませんと」

「ふ〜ん」

「一般的に、ヨーロッパ人というのは個人主義であり、自他共の独立性を重んじるのが信条です。中にはとんでもなくお節介を焼いて来る人物もありますが、不親切とはべつのレベルで、他人は他人と切り離す……自分のことは自分でするという気風で、世の中全体がまわっています。

ですから、要求があればはっきり口に出して要求しないと通りませんし、日本人ですとつい不躾《ぶしつけ》ではないかと考えてしまうようなことも、彼らにとっては言って当然という受け取り方です。自己主張は権利であると、血の中に書き込まれているのでしょうね。

そのぶん、ノーはノーで取りつく島もないところもありますが、ドライなばかりかというとあながちそうでもなく、たとえばイタリアでは、『コネとワイロ』がかなりの効果で通用します」

「へえ……僕の苦手な分野だな」

「日本では、どちらも『不正』だという認識がありますからね。しかし、彼らに言わせると、どちらも方便といったところで。

金をつかませて便宜《べんぎ》を計ってもらうといったことも、処世術のうちだというように理解されていますから、渡すほうも受け取るほうも悪びれることもなくやっていますよ」

「チップの延長……っていう感覚なのかな」

「ああ、そうかもしれませんね」

テラスへ出てみると、なるほど見事な眺望だった。目の下にはりっぱな並木にはさまれたテヴェレ川がながれていて、その向こうにはローマの市街が見晴らせるんだ。

「高かったんだろ？」

と庶民な質問をしてしまった僕に、

「きみが気に入ってくれさえすれば、妥当な家賃です」

と返ってきた。心臓に悪そうだから、月額いくらなのかは聞かないでおこう。

「バチカンも見えるんだっけ？」

「ええ、じつはサンピエトロ寺院のドーム屋根がわずかに覗《のぞ》けるという程度ですが。こちらへ」

圭が案内してくれたのは、キッチンと風呂場とのあいだの小さな階段を登ったところにあった、第四の部屋だった。

「小間使いでも住まわせたのでしょうね」

というその小部屋は、僕でも頭をかがめなくちゃならないように天井が低くて、四畳間ほどの狭さの、いかにも屋根裏部屋という感じだったが、

「この窓から見えます。あちらの方角なのですが」

「えーと……ああ、あれかな？」

ほんの狭い角度なんだけど、通りの向かいの建物のあいだから、ドーム屋根の上のほうが覗いているのが見えるんだ。

「不動産屋の言い分によりますと、これだけで十万リラの値打ちだそうで。要はそういった口実で、ほかより家賃を高く設定してあるというわけですが」

「十万リラっていうと、七千円ぐらい？　ちょっと高くないかな。あー、カトリック教徒の人なら、それでも安いって言うのかもしれないけど」

「僕もそう思いましたが、まあ一種のステイタスというわけで」

「へえ、そうなの？」

「はい。こちらでの住宅の値段というのは、立地や建物の質もですが、窓から何が見えるかでも決まりますので」

「へえ……眺めも値打ちの一部ってことか」

「日々の生活を楽しむという面では、窓からどんな風景が眺められるかというのが重要だという理屈は、わかる気がします」

「うん。こっち側はともかく、テラスからの眺めはほんと抜群だもんね。その意味じゃ、先生のお宅より好きかも」

言って、ハタと思いついた。

「もしかして、きみ……先生のお宅と張り合う気で、ここを借りた？」

「どうせ住むなら、仮住まいといえども気に入った家がいいでしょう」

と、ポーカーフェイス男はトボケてみせたが。

「あのねェ……僕が言うことじゃないとは思うけどさ。そういうのって、身の程知らずとかいうふうに受け取られたら、うまくないんじゃないのかい？　その、こっちのクラシック界のようすなんて知らないけどさ」

「この程度のことでしたら、身の程のうちです」

圭は言って、つけくわえた。

「こちらの貴族階級の金満家といいますと、田舎《いなか》にはワイナリーを営むシャトーを持っていて、ふだんの仕事や生活のための利便性で選んだ都市部の住まいのほかに、夏の別荘、冬の別荘、海辺の別荘あたりは持つのが普通だといった生活ぶりですから。

そうした家柄の子弟ならば、十歳の子供であろうが当然のこととして、バカンスシーズンはそうした別荘のどれかで過ごし、デザイナーブランドの服を普段着に使用するといった暮らしをするわけでして」

「はあ〜……庶民階級の僕としては、聞いただけでめまいがしてくる世界だね」

「まあ、多少はハッタリの意味がないこともありませんが。ステイタスを調《ととの》えることで、人間関係における信用度が変わってくるということも、ないではありませんので」

「きみの場合は、それなりのバックボーンがあってのことだからね。たんに見栄を張るっていうのとは、違うんだろうと思うけど」

それにしても、この家を構えるのに、いったいお祖父《じい》さんにいくらの借金をしたのか。僕自身は収入の道を持ってないだけに、心配してもしょうがないとわかってはいても、気にかかる。

と考えて、

「あっ」

と思いついた。

「しまった、忘れてたっ」

「どうしました？」

「レッスン代のことっ。早いうちにうかがっとこうと思ってたのに！」

「ああ」

圭はそんなことかという調子の相づちで答え、

「僕も、住み込みの内弟子というケースは知りませんので、何とも言えませんね。

ただ……いえ、その件はロスマッティ氏と話されるべきでしょう」

「あー、とりあえず奥様にうかがってみようかな。部屋代とか食費とか、当然しなくちゃいけないし。鞄持《かばんも》ちでお供する交通費とか宿泊代なんかも」

自腹のつもりでいたほうがいいよな。となると、早めにうかがってやりくりの算段をしておかないと、困ることになるかもだぞ。

餞別《せんべつ》やなんかで百五十万近くは用意させてもらって来てるけど、今後入ってくるお金の予定っていったら、足長おじさん達からの月十二万の仕送りだけ。でもって出ていくほうは、レッスン代だの下宿代だの、ヨーロッパ中を飛び回るらしい先生のお供をするのだので、どのくらいの出費になるのかわからないんだから。

「必要な経費が不足するような時には、ちゃんと僕を頼るんですよ」

と言われて、

「あは」

と頭をかいた。

「うん、質屋に行こうにも質種《しちぐさ》もないしね。こっちもサラ金ってあるのかどうか知らないけど、どうせ相手にされないだろうし。

あーでも、とりあえず六月に日本に帰る費用はいるんだよなァ。こっちでも格安航空券とか売ってるのかな」

「その件は、僕も同道しますので。手配しておきますよ」

「いいの？　コンクール前にそんなことやってる余裕あるかい？」

「ロスマッティ氏のコネのある代理店を聞いてありますので」

「あはは、さすが抜け目はないね」

そんな話をしながらぶらぶらと戻って来たサンルームの外の景色は、真っ赤な夕焼けに染まっていた。

「ここって東向き？」

「ええ、朝日の照らす部屋です」

「そんな名前の曲があったね」

圭がつと僕の背後に寄り添ってきて、おなかのあたりに腕をまわして抱きしめると、耳元でささやいた。

「あすの朝日は、きっときれいだと思いますよ」

「……それって、今夜はここに泊まれってこと？　むりだよ」

先生のお宅に下宿させていただく身で、そんな勝手はできない。

ところが圭は、

「今週中は、僕とのローマ見物に当てるということで、外泊の申請はしてあります」

と。

「ええっ!?　うそっ！」

思わず叫んで振り向いた僕に、圭は僕の腰を抱いたまま、落ち着き払った顔で言った。

「ええ、じつは日曜日の昼食には帰すという約束です。

ロスマッティ氏の甥《おい》で氏のエージェントを務めているロレンツォ氏と、きみを引き合わせたいということで」

「じゃ……ほんとに、外泊許可なんか取っちゃったわけ？」

頭を抱える気分で、僕は言った。

「まずいよ〜……来た早々で、まずは観光、なんてさァ」

「来た早々ですから、まずは町のようすを見て歩くのでしょう。少なくとも二、三年は滞在することになるのでしょうから」

「いや、でもさァ、それじゃ勉強しに来たんだか遊びに来たんだかわからないって、先生に」

「叱《しか》られるとでも？」

「いや、まあ、そうはおっしゃらなくても、印象が悪くなっちゃったりとかさァ」

「そんなことはないと思いますが？」

言って、圭は（アア）という顔をした。

「日本式の師弟関係では、そういったことが問題になるわけですか。師匠は弟子の私生活にまで目を光らせるといったことがあるのですかね」

「あー、いや、ただ感覚としてさ、その、内弟子になるのなんて僕も初めてで、よくわからないけど。その……」

「僕は、きみはきみのスケジュールで動いてよいのだと理解しましたが。演奏旅行の供をするあいだを除いては、拘束する気はないといったように、氏の話を聞きましたが？」

「あー……」

「なにしろきみは、十や十五の子供ではないのですし。福山氏のコネで招きを受けたといっても、一人のバイオリニストとしての薫陶《くんとう》を得に来たわけですから、個人的な生活まで規則で縛られる寄宿学校の生徒であるかのような、窮屈な考え方はしないでいいのではないですかね」

それは、僕の留学生活の受け止め方についての……受け身で流してしまうのか、能動的につかみ取るのかという選択を思いつくための、重要な示唆《しさ》を含んでいた言葉だったんだけど、その時の僕には、そうとは気づけなくて。

でも、「子供じゃないんだから」という点は（そうだよな）と思えたし、同居が無理になってしまったことでの圭の失望を和らげてやりたいのはやまやまだったんで、彼がたくらんだ外泊計画に乗ることにしたんだった。

「オッケー、じゃあ日曜の午前中までは、ここできみと過ごすっていうスケジュールにするよ。で、まずは台所用品や食料の買い出し？　シーツや石けんやバスタオルもいるんだったろ？」

「まず必要なのは、きみとのキスです」

気障《きざ》な男はそう言って、僕の顎《あご》に指をかけて持ち上げ、僕は笑って目を閉じた。

「まる二日も、きみに触れられなかった」

喉《のど》を鳴らすようなバリトンのささやきに、僕の背筋はゾクリと快感の火種を用意し、圭の唇が僕のそれに触れて来た瞬間に、導火線を走る火花のように、神経という神経に甘い戦慄《せんりつ》を伝播《でんぱ》させた。そしてそれは、チュッと触れるだけの軽いキスから始まって、しだいに深く求め熱を帯びてくるくちづけの進攻にしたがって、甘みを増し、おののきを強め……

「あ……」

とすがらせた手は、膝《ひざ》や腰と同じように力を失っていて、でも盤石《ばんじゃく》の頼もしさで支えてくれる腕が僕を捕まえていて。

「もう腰に？」

というからかい声を吹き込まれた耳からアソコへと、新たな戦慄が染みとおった。

「座らせて……」

と僕は頼んだ。

「立ってられない……」

「あいにくと、この家にはまだ食堂の椅子しかないのですが」

「どこでもいいよ……」

「ベッドにはシーツもないことですし」

「圭、じらさないで……っ」

まだキスをしただけだ。圭の手は僕の背中を抱いているだけで、乳首にもペニスにも触れていない。

でも、もう限界まで来てしまった感じだった。

ああ、そんな冷静な顔をしていないで……我慢できない、早くとどめをうがってほしいっ。

きみの固くて熱くてたくましいモノで、僕を串刺《くしざ》しに屠《ほふ》ってほしい！

「圭っ」

と懇願《こんがん》を込めて呼ぶ間にさえ、声が喘《あえ》ぎに震えた。

そんな僕に、圭は雄弁なまなざしを愛《いと》しげにほほえませ、

「では、こうしましょう」

と僕を横抱きにさらい上げた。それから僕を、もう薄暗い食堂に運び込んで、テーブルの上に横たわらせて。

「ここで？」

とたずねた声は、高ぶりきった性感にかすれて、ささやきにしかならなかった。

「この家で最初にとる、最上のディナーですので」

と、僕のズボンと下着を剝《は》ぎ取りながら圭はうそぶき、

「銀の燭台《しょくだい》や純白のテーブルクロスの用意がないのは心外ですが」

と言いながら、僕の脚を持ちあげて自分の肩に載せさせた。

「たいしたことじゃないよ」

と答えた僕に、

「ええ」

とほほえんで見せながら、アノに怒張をあてがい、ゆっくりと押し入れて来た。

僕のソコは、キスの快感だけで充分に蕩《とろ》けていて、挿入感を引き立てるスパイスとして働く

程度の痛みで圭を受け入れた。

「あ……あ……」

入ってくる、入ってくるっ！

「だいじょうぶですか？　このままいい？」

「き、来て……もっと奥までっ」

「喜んで」

僕を傷つけないよう細心の注意を払った引きと押しで、ぬくりぬくりと体の奥深くへと入り込んでくる、みっしりとたしかな熱情を迎え入れながら、僕は、僕を抱く愛しくてたまらない男の美貌《びぼう》を見つめていた。

シャープに整った男っぽい顔だちの眉《まゆ》を、僕への気遣《きづか》いという名の我慢にしかめて、僕には愛される快感だけをくれようとしているきみ……好きだ……泣きたくなるほど大好きだ……愛してる！

自分の喘ぎが帯びる甘えたような呻《うめ》きを、以前の僕は大嫌《だいきら》いだった。恥ずかしく許しがたい痴態だとしか思えなくて、唇の外へ洩《も》らすまいと必死で息を殺していた。

でも、いまは……やはり恥ずかしさはぬぐえないけれど、僕の声にきみが悦《よろこ》びを感じ、それがさらにきみを勃《たか》ぶらせるのをうれしいと思う。恥ずかしいけれど、きみは聞きたがっているから……きみが僕に感じさせてくれている甘美な酔いは、二人で分け合ってこそいっそう僕を甘く酔わせるから、以前のように力ずくで声を押し殺しはしない。

「ん……んふ……う……あっ、ああっ」

でも、こんなふうに細くひっくり返った女性が上げるような声は、僕が僕でなくなってしまったようで恥ずかしいから、キスして、圭。キスで僕の口をふさいで、この声を止めさせて。

目で求めた僕の頼みを、圭は読み取ってくれて、僕の口止めを手伝ってくれた。でも、圭が身をかがめたことで、僕は二つに折り曲げられ、圭のモノがさらに深く押し入ってきて。

「ああんっ！」

と悲鳴のような叫びがほとばしった。

「悠季」

愛おしそうにささやいた圭が、大きく腰をグラインドさせた。

「あっ！　ああっ！　あうっ！」

高く蕩ける僕の声は、がらんとした部屋の漆喰《しっくい》の壁に響いて、まるでほかの誰《だれ》かの艶声《えんせい》を聞いているような感じが不埒《ふらち》に僕を煽《あお》る。

「悠季、悠季っ」

「あ、イイ、イクッ」

「おっと、待ってください」

少しあわてたふうに言った圭が、僕の腰を押さえ込んでいた手を離して、あたふたとポケットを探り、ハンカチらしいもので僕のペニスを包み込んだ。

「いいですよ」

とささやいてきながら、追い詰めるピッチで激しく腰を打ちつけて……

「あっ、あっ……ん！」

イッた僕の耳元で、圭のかすれた息声が切れ切れに、

「Fan《ファン》…tas《タス》……ti《ティ》…co《コ》……！」

とささやき、僕は解放の快感に震えながら笑った。

「Ti《ティ》 amo《アーモ》、悠季……Sei《セイ》 stato《スタート》 un《ウン》 pasto《パスト》 squisito《スクイジート》」

「や、やだ」

笑わせないで。

「Quanto《クアント》 mi《ミ》 sei《セイ》 mancato《マンカート》」

くっくっと笑い出してしまいながら、僕は頼んだ。

「だ、だめだよ、日本語で言って」

「Pérche《ペルケ》（なぜ）？」

「すっ、すっごく気障だからっ」

「おやおや」

そう肩をすくめたラテン系気取りも似合ってしまう伊達男《だておとこ》を、

「もうっ」

とにらみ上げた。

「きみの気障っていうのは、似合い過ぎて笑っちゃうんだよっ」

「それは失敬」

でも、それなら僕も、

「Dammi《ダンミ》 un《ウン》 bacio《バチオ》」

だよな、キスして、は。

そして圭は、

「Con《コン》 piacere《ピアチェーレ》」

（喜んで）と答えて僕の希望をかなえてくれた。

つながりあったまま、何度もキスして……たがいの髪に指を絡めて梳《す》き合いながら、何度も何度も（愛してる）とキスし合って。

圭が僕の吐精をハンカチで受け止めてくれたわけは、僕が着替えを持って来ていないから。シャワーも、お湯は出るけど、タオルは圭がスーツケースに入れて来ていたハンドタオルが一本だけで、なるほど心配りが必要だったわけだ。

でも、最中にそういうことにまで頭を使えるっていうのは、いかにも余裕しゃくしゃくってことで、いつも頭なんか働かなくなっちゃうほど夢中にさせられてしまう僕としては、少々くやしい。

そこで、シャワー後の身じまいをしながら、

「百戦錬磨《れんま》の余裕だね」

とイヤミを言ってやったら、

「頭でも使っていませんと、きみを満足させられるまで保《も》ちませんので」

という返事が戻って来た。

「僕って……遅いかい？」

「そういう意味ではなく、あー……たいへんブラヴォーな相性のうえに、愛しさが拍車をかけるのでしょうね。油断しますと、たちまち弾倉を撃ち尽くしてしまいそうで。ですから、少しでも長持ちさせられるように、時には頭の中でシェーンベルクをさらってみたりとか……まあ、努力をしているのですよ」

思わず美貌を見上げてしまった。

「いい、しながら、シェーンベルク？　コンクールの課題曲とか？」

「調性音楽に慣れている耳には感覚的不整合を起こす、彼の無調『十二音』音楽は、ぐあいよく気を散らすのに効果がありまして」

楽員にレクチャーでもするような調子で言っておいて、圭は心配そうに僕の目を覗《のぞ》き込んで来た。

「怒りましたか？　僕はただ、きみとのメイクラブにおける生理的な限界がもたらす制限時間を、できるだけ引き伸ばしたいと考えまして」

僕はプッと噴き出し、笑いながら、

「ばか」

と言ってやった。

「きみって時々すっごく変で、ついて行けないよ」

「そうでしょうか」

と圭が困っている顔を作って見せ、僕は笑いが止まらなくなってしまった。

「そんなに可笑《おか》しいですか？」

と抱きしめられて、ますます笑い悶《もだ》えた。

「愛ゆえの真摯《しんし》な努力だというのに」

「わ、わかったからっ。は、腹が痛い〜っ」

きみのＴＰＯにかかわらない独特な四角四面話法っていうのは、こういう場合には、まじめくさって言われるほど可笑しいんだってば。

圭のリアクションは、ご満悦げな流し目を送ってきながらの、

「Ｈａｉ ｕｎ ｓｏｒｒｉｓｏ ｄｅｌｉｚｉｏｓｏ《アイ ウン ソッリーゾ デリッツィオーゾ》」

でも僕には、意味がわからなくって。

「え？　あー、ノン　カピースコ　チョ　ケ　ディーチェ《言っている意味がわかりません》」

「きみの笑顔はすてきだ、と言ったんです」

「ぐっ。ええと、グラツィエ《ありがとう》」

「Prego《どういたしまして》」

「それにしても、きみ、ほんとに二、三冊勉強しただけ？　あの時も、カルロくんや先生とイタリア語でビシバシ渡り合ってたし」

「きみこそ、観光旅行者用の会話本で、よく『Dammi《ダンミ》 un《ウン》 bacio《バチオ》』などという色っぽい例文がありましたね」

「あー……はは」

照れ隠しに頭をかいた。

「ほら、こっちで使うのに辞書を買ったろ？　あれをめくってたら、たまたまあったもんだからさ」

「ほう。ほかにはどんな口説《くど》き文句を仕入れてあるんですか？」

なんだか含みがありそうな目つきで聞いて来たから、

「ないよ、あれだけ」

と答えた。

「ほんとうに？」

「うん、ほんとだよ」

「嘘《うそ》ですね」

「何を根拠に」

「勘です」

「ほんとにあれだけだって。買い物したりするための日常会話を仕込むだけで、僕の頭はパンクしそうだったんだから。きみのみたいに性能よくないんでね」

「よろしい。では体に聞いてみましょう」

「え？　ちょっと、やめろよっ」

　僕は、ふざけかかって来ようとしたオオカミ男の鼻先に人差し指を突きつけて、

「タオルがない！」

　と言ってやった。

「シーツも枕《まくら》も毛布もだ！　コップや歯ブラシや、ミネラルウォーターの一本も買ってないんだろ!?　買い物に行くよ！」

「はい」

　とオオカミ男は苦笑して、つまみ食いをあきらめた。

「あ、でも、まだ店あいてる？」

「その手の店は、たいてい六時か七時までですね」

「うわあ、じゃ急がないとっ」

「今夜はホテルを使えばいいです」

「エクセルシオール？」

「ええ。ただ……」

「なに？」

「タクシーを呼ぼうと思ったのですが、ここにはまだ電話を引いていない」

「タクシーのいるところまで歩けばいいさ」

と僕は言った。

「ついでに、少しこのあたりを散策しませんか」

と圭が提案した。

僕も圭も、ローマへは観光に来たわけじゃないんだけど、二人で歩くとどうしたってデート気分になってしまうし、石造りの街の夕景は情緒たっぷりで、十分ほどの散歩でついたサンピエトロ大寺院は、ライトアップされているせいもあってか、圧倒される壮麗《そうれい》さだった。

寺院の前のサンピエトロ広場を丸く囲む、巨大な円柱を四列にめぐらせて石屋根を載せた回廊。その向こうの、人工の丘といった規模の階段状のテラスを前景にした、巨大な白亜の寺院建築。

それを見上げるテラスの露天にきちんと列を整えて並べられた、二千やそこらはありそうなごくふつうの折畳椅子《おりたたみいす》の群れが、ちょっと不思議な感じを醸《かも》し出している。

「これってさ」

「法王がお出ましになる時の、信者達の席でしょう。たしか、あのバルコニーだと思いますよ、法王が立つのは」

「はあ〜……さすが『カトリックの総本山』って感じだよなァ」

「中を見られるのは七時ぐらいまでだったと思いますので、ゆっくり拝観できる時間帯に出直しましょう」

「うん、そうだね」

広場を戻って、回廊の外へ出たところで、圭が、

「これが」

と足元の石畳に引かれた黄色いラインを指さした。

「国境線です」

「あ、イタリアとバチカン市国との？」

見れば広場の輪郭に沿ってぐるっとめぐっていっている線は、ただの道路表示のようにペンキで書いてあるだけだ。

さっきは気がつきもせずに踏み越えてたわけだけど、考えてみれば、これで二か国歩いたこ

とになるんだと可笑しくなりながら、

「まるであっさりしてるんだね」

と感想を言った。

「ｍｕｓｅｏ《博物館》の入口があるほうは城壁になっているんですがね」

「ああ、システィーナ礼拝堂なんかがあるあたり？」

「正確に言えば、このサンピエトロ広場を除いては周囲は城壁で、見た目は要塞《ようさい》ですよ」

「ふ〜ん」

「しばらく住む町ですから、あわてることはありませんが、明日はｍｕｓｅｏ《ムゼオ》を観《み》ましょうか」

「うん、僕はいいけど」

「それから、買い物をして」

「ヤーノシュまで一か月だけど？」

「準備は怠っていませんから」

「そう？　それならいいけどさ」

僕が一緒にいるせいでのデート気分が、勉強の足を引っ張るようなら困るなと思っていた僕に、

「スコアをにらんでいるばかりが勉強ではありません」

と圭がほほえんだ。

「暗譜を済ませたあとは、いかに心の翼を広げて全曲を鳥瞰図《ふかんず》的に掌握《しょうあく》し、世界としてのその曲の地平の広がりを見極めたうえでの、それをどう表現するかという指揮法がどこまで研究できるかが、勝負どころです。

そうした意味では、『恋する者は詩人になる』という名言のとおり、自然と気持ちが高揚し感受性も柔軟かつ鋭敏になるきみとのデートは、僕の中の音楽性を存分に発揮するための、うってつけのトレーニングでもあるというわけでして」

「うっ」

と苦笑いしかけた僕に、圭が言った。

「気障《きざ》ですか？　それとも、せっかくのデートにそうした思惑を含めるのは不純だと？」

「うーん……きみとは『論争』はやりたくないかなって」

「どういう意味です？」

「ぜったい僕のほうが言い負かされる」

「おや」

と圭は肩をすくめ、なんとなくその話はそこまでになった。

広場の国境線の外に、バス乗り場とタクシー乗り場があった。

圭がタクシー乗り場のほうへ行こうとしたんで、

「バスもあるよ」

と言ったら、

「スリが多いそうですよ」

と返って来た。

「あ、そうなの？」

「この路線は、とくに多いそうでして。地下鉄やバスには、慣れるまでは乗らないほうがいいようです」

「そう言えば、きみスリにやられたって、どこで？」

圭は言いたくなさそうな顔をしたけど、

「スペイン広場です」

と話してくれた。

「ジプシーらしい三人組の少女が、花を買ってくれと囲んで来まして。いらないと追い払ったのですが、どうもその時にやられたらしいです。あとで気づいたので、確証はないのですが」

「女の子たちねェ」

からかうつもりで意地の悪い言い方をしてやった。圭が女の子に鼻の下を伸ばしたりすることはないって、知ってるから。

「三人とも十三、四歳といった年頃《としごろ》のようでした」

圭はするりと僕のからかいをかわした。

「地元の者でさえやられるそうですが、どうにも後を引いて不快です」

「そうだよねェ。僕はまだそういう目に遭ったことはないけど」

「人間不信気味になりますね」

参詣者《さんけいしゃ》なのかバチカンに勤める聖職者達なのか、僧服を着た老人や尼さんがまじったタクシー待ちの列に並びながら、そんな話をして。

つぎは僕達の乗る順になった。

「ええと、ホテルへ？」

「チェックインをして、食事を済ませたら、トレビの泉にでも出かけましょうか。あそこは夜のほうが美しいですから」

「デートコースは任せるよ」

なんて言ったのは、会話の中身は周囲にいる人達にはわからないっていう安心感からだったろう。

やがて空車がやって来て、石畳のせいでゴゴと走るタクシーでエクセルシオールに向かった。

「あのさ、着替えを取りに先生のお宅に寄りたいんだけど。それとバイオリンも」

「ああ、そうでした」

答えた圭が、

「Signore《シニョーレ》」

と運転手に呼びかけて、寄り道の指示をした。

圭は車で待ってるって言うんで、僕だけ門を入って、エレベーターに向かって歩いていたあいだに思いついた。

昼間の戦後処理は、ほんとにあれでよかったんだろうか、と。

先生は、圭のやり方を不愉快だとは思わないっていうふうに言ってくださったけど、あれは額面通りに受け取ってしまってよかったんだろうか。あの時の先生の笑顔は、どこか引き攣《つ》っていなかったか？　もっとちゃんとあやまっとかなきゃいけなかったんじゃないだろうか。

そんなことを考えながら、いただいている鍵《かぎ》で玄関をあけ、黙って入るのは変だと思ったので、

「守村です、荷物を取りに戻りました」

と声をかけて靴を脱いだ。

カチカチというような音は、ロッシの爪《つめ》がタイルの床で立てる足音だ。

廊下を曲がってやって来た大きな犬は、

「やあ、ロッシ」

な顔をした。

と声をかけた僕の体をフンフンと嗅《か》いで、（知っている匂《にお》いだ、入っていいぞ）というよう

「はいはい、サンキュ。先生達はいらっしゃるのかな？」

いくら出入り自由だと言われていても、声はかけるのが礼儀だろう。

でも、食堂と居間には誰《だれ》もいなくて、台所ものぞいてみたけど、もう帰ってしまったのかマリアの姿もなかった。

もう八時近いのに、まだ誰も帰って来ていないのか？

ともかく部屋に入って、スーツケースから二、三日分の着替えを出し、小旅行用に用意して来たバッグに詰め替えた。

あとは……チャイコンのスコアはバイオリンケースに入れてあるし……うん、いいな。

先生や奥様にお詫《わ》びを申しあげるのは、日曜日に帰って来てからにしなきゃしょうがない。

……それにしても、圭のあの激怒ぶりは、友情の範囲としては不自然だったんじゃないかなァ。

「恋人だってバレたら、僕の立場がどうなるか。考えてくれてるのかな」

そうボヤいたつぶやきに、

「ナルホド」

と返事が返ってくるとは！

　驚愕《きようがく》に心臓が口から飛び出しそうになりながら、振り返った。

　ドアのところに立ったカルロくんが、フムフムとうなずきながら僕を眺めてた。

「恋人ヤッタラ、僕ヲタタク権利ガアルワケヤ」

　顔から血の気が引いていくのがわかる。

「な、なんでっ、ド、ドアは閉めてあった」

　ハンサムの見本みたいな若々しい顔が、いたずらを見つかった子供みたいな開き直りを浮かべた。

「Ｓｃｕｓｉ《失礼》。鍵ハカカッテヘンカッタモン」

「だっ、だからって、か、勝手に入ってくるのはっ」

「ソヤカラ、アヤマッテルヤン。ソヤケドエエコト聞イテモタナァ。僕マダげいノ友達テイイヒンノヤ。男トスンノテ、エエノ？」

「こ、答える義務はないねっ」

　ああっ、どうしよう、どうしよう！　僕はもう、この家にはいられないっ。

「カナンナア、泣カンデモエエヤン」

　言われて、ゴシゴシ目をこすった。

「アーモー、ゆうきテカイラシ過ギルワ」

　という声は、僕のすぐ前で言い、カルロの手がポンという調子で僕の肩に乗って来た。

「げいヤテコト、padre《パードレ》ニ知ラレタラ困ルンヤロ」

そりゃ、もちろん！　でも、黙ってるかわりに何かさせろなんてのも困るっ。

「心配センカテエェヨ、僕ハゆうきノ味方ヤシ。僕カテ秘密ノ恋人イルシナ。Padre《父さん》ニハ内緒ヤデ、人妻ナンヤ」

カルロはそれを、仲良くなった子供同士が秘密を打ち明け合うといった感じにささやいた。

「トコロデ、ゆうきテ何歳ナン。僕ハ十九ヤケド」

ああ、そのぐらいだよなと思いながら、答えた。

「二十五だよ」

「cosa《コーザ》？」

「だから、二十五歳」

「stai《スタイ》 scherzando《スケルツァンド》!?」

とカルロが叫んだ。

「嘘《うそ》ヤン!?」

「なんで嘘なんか言わなくちゃいけないんだい？　ほんとだよ」

頼りなく見えてもね、二十五です。

「ホンマ!?　僕ゼッタイ、年下ヤト思ウテタワ！」

こんどはこっちがびっくりする番だった。

じゃあ、十七、八だと思われてたのか!?

ちょうどそこで、窓の外からパーパーッという車のクラクションが聞こえて、僕は圭を待たせていたのを思い出した。

こんなところに踏み込んで来られたら、また騒ぎになる。

いそいでバイオリンケースとバッグを引っつかんだ。

「出カケハルン?」

「着替えを取りに来ただけなんで」

「出テ行クントチガウネ?」

「日曜には戻りますっ」

言って、カルロの横をすり抜けようとしたら、腕をつかまれた。

「なっ」

と振り払った僕に、カルロがまじめな顔つきで言った。

「年上ヤイウノニハビックリシタケド、僕ノ気持チハ変ワラヘン。美人デ可愛ラシイゆうきガ好キヤ。ソヤシ秘密ハ守ルモン」

それから、いかにも慣れてるふうなウィンクをして見せて、

「楽シンデキヨシ」

「どっ、どうもっ」

真っ赤になって部屋を飛び出して、

（あ、鍵）

と思ったけど、そのまま玄関に向かった。あんなことを言われてしまって、もう一秒だって

カルロくんの前になんかいられたもんじゃない。

ロッシの足音がついてくるのに気がついて、

「だめ！　ストップ！」

と怒鳴りつけた。

靴に足を突っ込んで玄関を飛び出して、エレベーターの脇《わき》の階段を駆け降りて、ずいぶん待たせてしまった圭の隣に飛び込んで。

「どうかしましたか？」

「なんでもないよっ。シニョーレ、アンダーレ！《行って》」

もちろん、バレてしまった以上、先生に告げ口されるよりはずっといい。でも、でも、カルロくんに圭とのことを「楽しんでこい」なんて言われちゃって、たぶん僕と圭とのそういうことを想像されちゃって……ああ、もうっ、恥ずかしいったら！　これから先、どんな顔で彼とつき合ってけばいいんだ!?

「何かあったんですね？　もしやカルロが」

「なんでもないったら！」

と怒鳴り返して、こういう言い方じゃ圭は誤解するばっかりだと気がついた。

「きみが思ってるようなことじゃない。あとで話すよ。ちゃんと話すから」

頼むから、頭の中を整理する時間をくれ。いったいなんだって、こう次々とそっち方面の問題が……!?

僕と圭が恋人同士だってことは、誰にも知られちゃいけなくて、だから誰にもバレないように隠しきるはずだったのに！

あーもう、どうしようっ。

ところがろくに考えている暇もなかった。タクシーは、走り出したと思ったら五分とたたずにホテルの前に着いてしまったんだ。

「え、こんなに近かったのか？　だったら、待たせてたあいだの料金がもったいなかったなァ」

「そうでもないですよ。運転手と話をしていましたので、情報料と思えば」

エクセルシオールは、映画『甘い生活』（僕は観《み》ていないんで、どんな映画か知らないけど）の舞台に使われたなんて来歴があるそうで、エントランスホールは豪華《ごうか》を通り越して豪奢《ごうしゃ》って感じだった。

圭のあとをついて行ってカウンターでチェックインを済ませ、ホテルの中のレストランの予約を取ってもらって、ポーターの案内で部屋に向かった。

でもそのあいだも僕は、頭の中は心配事でいっぱいで、なにやら豪華な部屋に入っても気分は上の空で。

「ええと、食事はすぐ行くの？」

「三十分ほどくつろいでからにしますか？」

「うん、そうだね」

よし、三十分っていう時間ができた。さあ、落ち着いて考えろ。頭の中のグルグルを整理して問題点を見極め、対策を立てるんだ。

まず圭とカルロくんがやり合った件では、圭が、僕のことを「大事な友達だから」ってふうに説明して、先生はその説明を信じてくださった……と思っていいよな。

だって、先生の前で恋人同士だって疑われるようなことはやってないし。仲がいいのは親友だからってことで言いわけが立ってるんだから、先生がわざわざ、僕達のことを恋人同士かもしれないって深読みされる可能性は低いだろう。むしろバレるんじゃないかって思うほうが、疑心暗鬼の杞憂《きゆう》ってもんじゃないかな。うん、悲観的に考えて落ち込むのはやめとこう。

でもって、さっきのカルロくんとの件は、秘密は守るって約束してくれたわけだから、問題は、彼の約束を信じるか信じないかだけど……信じていいんじゃないかな。

だって彼は、人妻の恋人がいるんだなんていう自分の秘密を明かしてくれたんだし。うん、そうさ、僕達はおたがいに秘密を知り合ってるってことで、つまり共犯関係ってわけで、だからカルロくんは信じてだいじょうぶだ。

ということになると……心配するような問題点は何にもないってことじゃないか？　そうさ、いまのところ問題はオールクリアだ。

なァんだ、おたおた浮き足立っちゃって、ばかみたいだ。

そこまで考えついて、やっとホッとくつろいだ気分になれて、隣のソファで僕の考え事が終わるのを待ってくれてた圭の表情に気がついた。

退屈を楽しんでいるふりのポーカーフェイスの横顔の下にひそめた、気を揉《も》んでいるらしい気配。

僕は、（心配させてごめん）の意味で、肘《ひじ》掛《か》けに載せている圭の手に手を重ねた。

「あのさ、そんな顔するような問題は起きてないって」

圭は僕に顔を向け、

「では、話していただけるんでしょうか」

と打診して来た。

「よく考えてみたら、たいしたことじゃないんだよ。っていうか……たいしたことにはならないで済んだってとこかな」

「話してはいただけないんですか？」

と圭は眉《まゆ》をひそめ、その顔つきからして、話してやらないとずっとこだわり続けるなと思った。

「じつはね」

と、カルロくんとの顚末《てんまつ》を説明し……年下だと思われてたことや、可愛《かわい》いなんて言われたことは黙っておいた。それでまた圭が変なふうに疑ったり、こじれたりするのはいやだから……

「だから、カルロくんにはきみとの関係を知られちゃったけど、カルロくんの口から先生のお耳に入る心配はいらないってこと」

と結んだ僕への、圭の反応は、深い深いため息だった。

「どうやらきみは、かのロスマッティ二世に深甚《しんじん》なる興味を持たれてしまっていますね」

「あー……珍しがってはいたね。まだゲイの友達はいないからって。

でも珍獣あつかいされたってさ、敵視されたり嫌悪されたりするよりは、ずっとましだと思うんだよ」

「まあ、それはそうでしょうが」

「ってのが、あとで話すっていった話。

そろそろレストランに行かないでいい？」

「ああ、そうですね」

イタリア人の食習慣では、昼を重く食べて夜は軽くピザをつまむ程度だそうだけど、レストランはコースでのディナーを取ってるお客でほぼ満席だった。もっとも、お客は外国人が多かったから、イタリアの『一般的』が当てはまらないだけのことかもしれなかったけど。

僕達が案内された席は、出入口に近いあたりの壁際で、アラブ人らしい男性の四人グループと、韓国か中国の人らしい夫婦のテーブルとのあいだだった。

「あまりいい席ではありませんね」

と圭は顔をしかめ、案内のボーイにその旨《むね》を言ったらしいけど、ボーイは（ほかには席がない）というジェスチャーをして見せた。

圭がなにか言いながら、さりげなくボーイの手に握《にぎ》らせたのは、たたんだお札だったみたいだ。

とたんにボーイは、ほかにも空き席があるのを思い出し、（こちらへ）と手を振って案内に立った。

「常連の店でしたら、こうした不愉快な思いはしないで済むのですが」

と圭がヒソヒソぼやいた。

「東洋人というのは、とかくナメられますので、覚えておいたほうがいいです」

「参考のために聞くけど、いくら渡したんだい？」

圭が教えてくれた金額は、僕が想像してたよりも少額だった。

まあ、旅行案内書にあった「ホテルのルームメイドへのチップとして枕《まくら》の下に置いておく」金額の「千リラ程度」っていうのは、日本円にすると七十円ぐらいだもんな。圭がボーイに渡した金は、相場ってことだろう。

そういえば、金満の日本人がケタはずれにばらまくせいで、チップの相場が上がってしまって困るっていう記事を、何かで読んだ。郷に入っては郷に従うのはあたりまえのことだけど、その従い方っていうのも、わきまえるべきことはわきまえてやらなきゃいけないってことだよな。

案内し直された席は、場所的には出入口と奥との中ほどで、両隣はどちらもアングロサクソン系の、片や老夫婦、もう一方は中年のカップルが二組というテーブルだった。

「そういえば、胃のぐあいは？」

「あ、もう平気。ぺこぺこに近いよ」

「アペリチフは何にしますか？」

「あー……任せちゃだめ？」

「キールあたりでいいですかね」

「うん、なんでも」

ボーイに渡されたメニューから知ってる単語を探すってふうにして、どうやらこうやら「前菜・第一の皿・第二の皿・デザート」というコースディナーの選択をやりとげた。

「そう言えば、ローマの名物料理とかあったのかな」

「子羊のローストですとか、臓物料理といったあたりだったと思いますが」

「モッカァ。あんまり好きじゃないかも」

ちなみに僕が頼んだのは、アンティパスト《前菜》は「生ハムとメロン」で、スープはパスして、プリモ・ピアット《第一の皿》は「アサリのスパゲティ、トマトソース」。セコンド・ピアット《第二の皿》は、ちょっとばかり好奇心を発揮して「ウサギのオレガノ、ワイン風味の煮込み」で、コントルノ《つけ合わせ》はほうれん草のバター炒《いた》め。デザートはジェラート《アイスクリーム》。

圭のほうは、アンティパストは「小エビのカクテル」で、以下は「当店風フェットチーネ」に「フィレンツェ風ステーキ」（これって牛の骨付き肉のローストなんだけど、目が丸くなる大きさで、なんと最小単位が五百グラム！　でも圭はぺろっとたいらげた……）のミックスサラダ添えに、「季節の果物」。

ワイン選びは圭に一任して、地元のカステッリ・ロマーニ産の辛口の白ワインを飲んだけど、さっぱりした喉越《のどご》しで旨《うま》かった。

食後酒のグラッパは、喉も腹もカアッと熱くなる強さ（アルコール度数四十度！）だったけど、圭のウンチクどおり食べ過ぎ気味の胃に活を入れてくれた感じで、後味がよかった。そして、締めくくりの濃くて苦いエスプレッソ。

「こういう食事のあとだと、デミタスカップでのエスプレッソで『なるほど』って感じだね」

三口ほどで飲み干せるサイズのカップでの、食後のコーヒーをすすりながらの僕の感想に、圭は、ワインとグラッパとでかすかに染めた頰をほころばせた。

「『食は文化』だと言いますから。何百年というオーダーの中で出来上がってきた組み合わせには、それなりの意味があるということですね」

「だよなァ……でもって、そういう『文化』の一端として、僕達がやってる『クラシック音楽』もあるわけで」

「石造りの教会建築で執り行なわれるミサにおいて、荘厳《そうごん》に鳴り響くことで宗教的な高揚感を演出するべく生まれた、聖歌を源流とする宗教曲。それが編み出した和声という手法。そして、生活の中の楽しみとして自然発生的に生まれた、メロディアスなバラッドや舞曲やセレナータ。

それらが複合的に組み合わされて作り出されたいわゆるクラシック音楽は、それを生み育てた『ヨーロッパ文明』という土壌《どじょう》への視点を抜きにしては理解し得ませんし、演奏的な成立も為し得ません。

そして、文明やら文化とかいうものは、基本的に『百聞は一見にしかず』。肌で感じとる以外には、真の理解に至るすべのないものです。なにせ理解の糸口となる諸要素は、日常的な生活スタイルからものの考え方に至るまでの、あらゆる分野に散在していて、それらを総合的に視野に入れなくては、真の理解を果たしたとは言えないのですから。

その意味で、僕はぜひ、きみにヨーロッパでの生活を体験してほしかった。

クラシック音楽の真髄《しんずい》に手を届かせるには、それらを生み出した作曲家達のバックボーンとなっている、生活実感としての風土や歴史的背景への『共感』がなくてはならない。そうした共感は、他人の経験の又聞きである読書その他の手段ではけっして培《つちか》えない。

僕はそれを、自分の経験から悟りました。ですから、この留学がきみにもたらすプラスについては、胸を張って保証できます。

きみは必ずや、『来てよかった』と思うでしょう」

「うん」

と僕も賛成した。

「まだ足が地についてない感じで、落ち着いて勉強に取り組めるようになるまでには時間がいりそうだけどね。

でも、日本とはぜんぜん違う街のようすとか、家の中の雰囲気とかは、ほんとに来てみなきゃわからなかったことだって思うよ。

田舎《いなか》から東京に出た時よりも格段のカルチャーショックって感じで……あは、あたりまえだけどね……なんかまだ気もそぞろっていうか」

「すぐに慣れますよ」

「だと助かるな。なんかこう、すごく緊張してるのに、頭の中は取り留めなくフワフワしちゃってる感じでさ。見るもの聞くもの、すごく印象的なんだけど、それをうまく自分の中に捕まえられない感じっていうか……」

「ええ、わかります。僕もそうでした」

「きみも？」

「無我夢中という言葉がありますが、最初の二か月ほどはそんなぐあいでしたね。日々を過ごすのにあまりに必死だったものですから、思い返そうとしても、具体的な記憶というのはほとんど残っていない。きみの言うとおり、まさに浮き足立っていたわけです」

「きみが二か月なら、僕なら慣れるまで半年かァ？」

やれやれとため息をついた僕に、圭が、ほほえみ添えで言った。

「経験者として、できるだけフォローしますよ」

「うん、よろしく」

「ところで、トレビの泉に行ってみますか？　疲れているなら、またの機会にしてもかまいませんが」

「歩いていける？　じゃあ散歩がてら行こうか。ちょっと腹ごなしが必要な気分だし」

エクセルシオールが面している、ゆるい坂道のベネト通りをぶらぶらと下って、噴水のあるバルベリーニ広場からトリトーネ通りに入り、路地って感じの小道を抜けたところが、かの有名なトレビの泉だった。

海神ネプチューンの出現を表わしたバロック彫刻は、写真では見てたけど、実物の迫力っていうのはそれは見事なもので、僕はしばらく見蕩《みと》れてしまった。

夜空を背景に美しくライトアップされた精緻《せいち》な彫刻群は、キラキラと流れ落ちる水と相まって、いまにも動き出しそうだ。

そして、躍動《やくどう》の瞬間を凍りつかせた海馬やたくましいネプチューンの姿を見つめていると、僕自身が、彼らの棲《す》む神話の世界に入ってしまったような気にもなってくる。

それにしても、

「……写真だと、なんかこう、もっと大きな広場にドーンとあるみたいな感じがしてたけど」

泉の前の狭い広場の周辺はごちゃごちゃと庶民的な街並みで、かなりミスマッチな感じなんだ。

「いささか拍子抜けのする場所でしょう？」

「うん、なんとなく」

「僕もまだすべてを見て歩いたわけではありませんが、ローマという町は、どこか雑然としている印象がありますね。

おそらくは、代々の法王や枢機卿《すうきけい》達が、それぞれの権勢をしめそうと贅《ぜい》を競った結果として、一貫性のない美術館のような様相になったのだと思いますが」

「このトレビの泉を作ったのも、たしか法王の誰《だれ》かだったよね」

「ええ、クレメンス十三世です。各所に点在する噴水やオベリスクなどは、たいてい法王の誰かのお声掛かりで作られたものです。

また、ローマ市内には多くのpalazzo《パラッツォ》……すなわち『宮殿』がありますが、いずれも法王達の住まいとして建てられたものです。彼らが手にしていた現世的な権力や財力の大きさがうかがえる遺物ですよ」

「そうかァ、教会建築だけじゃなくって、そういう方面にもお金を注《つ》ぎ込んでたわけか」

「おかげでバロック芸術が隆盛したという面では、大いなる貢献であったわけですが。

ルネッサンスにしろバロックにしろ、芸術が栄えるためには、バックとなるパトロンの力が不可欠でした。権力や財力が集中し、そこに莫大《ばくだい》な余剰が存在するがゆえに、芸術といういわば非生産的な分野に、金や人材を注ぎ込むことができた」

「バッハやモーツァルトだって、教会や宮廷のお抱え音楽家として活動したんだもんな」

「芸術は、衣食住が満たされた結果として求められた『贅沢』ですから、それを支えられるだけの金持ちの存在なくしては成り立たなかったのですよ」

「その『贅沢』の一例が、このすばらしい彫刻作品だってことだよねェ」

「歴然とした貧富の差の中で、その日のパンにも事欠く庶民の目から見たら、このすばらしさも、腹立たしいばかりのものだったかもしれませんがね」

「でもいまは、世界中から見物客を集めて、観光資源として役立ってる」

「ということで、写真を一枚いかがです?」

「ぷっ。なんだい、それ。ぜんぜん話がつながってないぞ」

「観光とくれば記念写真ではありませんか」

「はいはい。でも、カメラなんて」

「あります」

と圭がズボンのポケットから取り出したのは、使い捨てのインスタントカメラ。

それを手に、すぐそばにいた中年のカップルの旦那《だんな》さんのほうに、

「Excuse《エクスキューズ》 me《ミー》」

と声をかけた。

え？　二人で写るのか？　あー……まあ、いいか。観光記念ってことなら。

写真を撮ってもらえまいかという圭の頼みを、英語圏の人だったらしい旦那さんは快く引き受けてくれて、僕達はトレビの泉をバックに一枚の写真に収まった。

え？　まだ撮るの？　こんどはこっちに立てって？　あはは、写真が趣味のおじさんなのかなァ。はいはい、チーズ。

結局五、六枚撮ってもらって、こんどはおじさん達が撮ってくれっていうんで、圭がカメラマンを引き受けて。おたがいに礼を言い合って、

「Ciao《チャオ》」

と別れた。

それにしても、もう夜の十一時近いっていうのに、泉の縁に腰を下ろしてキスしたり楽しそ

うに話しているカップル達や、いかにも観光客風のグループといった人々の数は、いっこうに減らない。ローマの町っていうのは、けっこう宵《よい》っ張《ぱ》りなんだなと僕は思った。

ホテルへの帰り道、夜風に乗ってただよってきた花の香りに、ふと気がついて言った。

「ねえ、いまって春なんだよね」

「ええ」

と返ってきた返事が可笑《おか》しげだったんで、

「ガラコンサートだの突発リサイタルだの、こっちにくる準備だので、ずうっとばたばたしてたもんだから、季節も目に入ってなかったんだよ」

と言いわけした。

「ほんと、なんか余裕のない生活しちゃってたよなァ」

「では、まずは少しのんびりされるといいです」

「そうもいかないだろ。ロスマッティ先生のレッスンだの、演奏旅行のお供だの、来月はきみのコンクールの応援だってあるし。チャイコンの練習もやらなきゃいけないしさ」

「Chi《キ》 ha《ハ》 fretta《フレッタ》 vada《ヴァーダ》 adagio《アダージオ》……急がば回れ、ですよ。『走ればつまずく』ということわざもある。

この美しき季節のささやきにも気づかないほどに、気持ちの余裕を失っていては、ギスギスした余裕のない音色しか奏《かな》でられないのではないですか?」

「あは……かもね」

「とりあえず、日曜の朝までは、僕と二人でローマの春を楽しみましょう」

「うん……」

圭の「二人で楽しもう」というセリフにうなずくことで湧《わ》き出した、くすぐったいような幸福感に目を伏せて、僕は（ああ……）と思った。

こんな気分になったのも、ずいぶん久しぶりみたいな気がする。

「きみのアパートのあのテラスでさ、ゆっくりバイオリンが弾きたいな」

「僕らのローマ邸のテラス、ですよ」

と圭が訂正を入れてきた。

「エスプレッソじゃないふつうのコーヒーが飲めるように、コーヒーメーカーが欲しいな」

「あれこれ買い込まなくてはならない物が多いですから、買い物リストを作りましょう」

「ふふ……日曜日までのんびりしようっていっても、結局なんだかんだで忙しく過ごしちゃいそうだね」

「買い物も、きみと行くならデートです」

言った圭が、チュッと耳にキスした。

もうっ、こんな道端で！　と思ってあわててあたりを見まわした。

僕らはベネト通りを上ってるところで、車は頻繁《ひんぱん》に通っていくけど、歩行者は僕達だけだった。

迷って（ええい）と手を伸ばして、圭の手を捕まえた。

（え？）

と僕を見下ろしてきた圭が、ふっとほほえんで、僕の手を手の中に包むように握《にぎ》り直した。

僕達はホテルのすぐ近くまで、手をつないで帰った。

ほら、ローマは春だしさ。

マエストロ エミリオ

その電話が入ったのは、僕たちがローマに来て三日目。正確に言えば、二晩目の深夜一時過ぎという時間だった。

僕と圭《けい》は、その晩は二人でホテル・エクセルシオールに泊まっていて、それぞれに風呂《ふろ》を使ってベッドに入ったのは十二時半に近いころ。

つまり電話が鳴ったのは、タイミングとしては最悪から二番目ぐらいの、その、なんというか……一回目の余韻《よいん》がまだ尾を引いている体で、二回目の絶頂に向かって快感を追求していた最中だったわけだ。

プルルル、プルルル、という控えめなコール音が、僕達をシーツの波の中でのたわむれから引っぱり出した。

「無粋《ぶすい》な」

と憤懣《ふんまん》を吐き出しながら、圭が受話器を取った。

「Ｐｒｏｎｔｏ《もしもし》！」

と不快感丸出しの口調で応答して、

「は？　ああ、失敬」

と日本語に切り替え、

「はい、替わります」

と答えて、通話口をふさいだ受話器を僕に差し出して来た。

「福山氏《ふくやま》です」

「え、先生!? なっ、なんだろっ」

福山正夫《まさお》先生は、邦立《くにたち》音楽大学での四年間にビシバシのご薫陶《くんとう》をいただいた恩師で、去年の日コン（日本音楽コンクール）への挑戦にあたっても多大なお世話になったし、今回のロスマッティ先生への弟子入《でし》りも先生の口ききによるものだ。

僕にとっては二人目の恩師で、日コンに入賞できたのもあきらかに先生のご指導の賜物《たまもの》だったが、小学四年生からバイオリンの手ほどきを受けた東田《ひがしだ》先生よりも数十倍は怖い師匠《ししょう》で、短気だし辛辣《しんらつ》だし容赦なくたたきのめしてくれるしで、できればなるべくおつき合いはご遠慮《えんりょ》したい相手だった。

しかし、先生がかけてこられた電話に出ないなどという、畏《おそ》れ多い反逆行為ができるはずもない。

僕は取り急ぎベッドの上に正座すると、股間《こかん》にはせめてシーツをかき寄せつつ、圭から受話器を受け取った。

「もしもし、お待たせしてもうしわけありませんでした。守村《もりむら》ですが」

《いますぐ荷物まとめて帰って来い》

と、受話器の中で先生の声が言った。

「は？」

と思わず聞き返した。

とっさに僕の頭に浮かんでいたのは、すでに亡き両親たちの思いがけない訃報《ふほう》を受け取った時のように、姉達の誰《だれ》かに何かあったと聞かされる可能性だったのだが。

《とっとと荷物をまとめて帰って来いと言っとるんだ！》

地球を三分の一周する電話線の向こうで、先生はそうガミガミと怒鳴り、

《呆《あき》れてものも言えん！》

と続けて、鼓膜が破れそうなボリュームでわめき散らしだした。

《きさまが馬鹿なのはわかっとったが、今度という今度は愛想が尽きた！　穴があったら飛び込んでたぞ、馬鹿もんが！　だいたい、いい歳《とし》をして、きさまには常識ってもんがないのか!?　常識ってもんが！

いったい、きさまは何のためにイタリアに行ったと思っとるんだ！　ええ!?　友達と観光地をぶらついて記念写真を撮るためか！　ピザ食ってワイン飲んでブランド物を買うためか！　そうなんだろう！　そのためにエミリオは、わざわざ部屋を空けて待っててくれたというわけだ！

話にならん！　きさまは俺《おれ》が面倒見てきた中で最悪の不作だ！　「越後《えちご》の人間は最低の礼儀

も知らん」と笑い者になるのは勝手だがな、俺はきさまに恥をかかされるのはもう結構だ！　これ以上、恥を晒《さら》すのは許さん！　きさまは俺が作ってやったチャンスをタナボタぐらいにしか考えてなかったんだろう！　そんな者に時間を割《さ》かされちゃエミリオが迷惑だからな、詫《わ》びは俺から言っておく！　きさまはその馬鹿面をさっさと引っ込めて、二度とエミリオの前には出すな！　俺の前にもだ！　きさまの顔なんぞ金輪際《こんりんざい》見たくない！　破門だ！》

ガチャンッ！　ツ――――……

口をはさむ間も何もあったものじゃない、一方的なお叱《しか》りをまくしたてられて切られた電話を、僕はしばらく耳にあてたまま、ぼんやりとしてしまっていた。

それから、いまさら感じても遅いらしい身も凍るような危機感がひしひしと押し寄せて来て、僕は息すら殺して固まった。

どうしたらいいんだ？　どうしたら……どうしたら!?

「悠季《ゆうき》？」

と問いかける口調で声をかけて来た圭が、そっと僕の手から受話器を取りあげた。

「こんな深夜に何の用件だったんですか？」

深夜……そう深夜なんだよな、こっちから電話をかけ返すわけには……いや？　時差があるんじゃないか！

「圭、いま日本は何時？」

「あー、午前八時過ぎですね」

　じゃあ先生はまだお宅におられるはずだ。

　あの調子では、電話したって話を聞いてもらえる望みはほとんどなさそうだったけど、それしか手はなかった。

　地球を三分の一まわって来ているという彼我《ひが》の距離の大きさは、腹の中が焼けただれそうな焦燥感《しょうそうかん》に、気が遠くなりそうな絶望感を上乗せしているが、ともかく何かしなくちゃどうにもならない。

「ええと、先生の電話番号」

　あたふたとポシェットをかき回して、スケジュール帳の後ろのアドレスページをめくり開け、見つけた番号で記憶を確認して、電話に取りついた。

「あ、ええと、国際電話は」

「ゼロをダイヤルして外線につなぎ、国番号、最初のゼロを取った先方の番号です」

「あ、うん」

「僕がしましょう」

　圭が言ってくれたのは、僕の指がブルブル震えちゃってるのを見ての親切だったが。

「うん、やれるから」

と答えて、手出しを断わった。ぜんぶ自分でしなきゃいけない気がしたからだ。

「0押して、0081の3の35××の…」

口の中でつぶやきながらダイヤルをプッシュし終えて、受話器を耳にあてた。

ああっ、神様……先生がお出になったら、何をしゃべればいいんだろう。でも、とにかく、とにかく……

RR～、RR～と相手を呼んでいたコール音がプッと途切れて、

《はい、福山でございます》

と女性の声が言った。

「あ、もしもし、奥様ですね!?　守村です、お世話になっております守村悠季ですが」

《あら、守村さん》

奥様の返事には、電話が来るのを予想してた感じがあった。僕は、戻ってくる返事の予測がつきながら尋ねた。

「先生はまだご在宅でしょうか?」

《あー、ごめんなさいねェ、たったいま出かけたところなの》

もしいらっしゃったとしても、僕からの電話だったら出ないとおっしゃっているに違いない。

「そ、そうですか。じつは、いまさっきお電話をいただきまして、その、つまり、カミナリを落とされまして」

《ああ、怒鳴ってたのは守村さんにだったの?　朝から何事かと思ってたけど》

「は、はい、あの、それで」

こんなことをうかがっても奥様を困らせるだけだと思いながらも、ほかにどうしようもなかったんで聞いた。

「あの、な、なんとか先生ともう一度お話しさせていただくわけには」

《主人とお弟子さんとのあいだのことは、私はノータッチなのよねェ》

というお返事だった。

《あの調子だと、主人は当分、口をきく気はないみたいだし》

「はい、あの、は、破門されましたので」

先生があれだけ激怒されるということは、僕はそれなりのことをやったのに違いないけど、頭がパニックになっていて、何をどう反省したらいいのかわからない。

「す、すみません、奥様に申し上げるようなことじゃないんですけど、い、いったいどうしたらいいのか……」

しゃべっているあいだに涙声になってしまった。

でも、奥様にしたら、こんなのは迷惑な相談でしかない。

「あの、すみませんでした。先生がお帰りになられたら、守村があやまっていたとお伝えいただけますか。その、たぶん手遅れだと思いますけど」

途中で、涙が鼻腔《びこう》に流れ込んだみたいな鼻水を二度すすらなきゃならなかった。

「あの、朝から変な電話を差し上げて失礼しました」

《行ってらっしゃい》

と奥様が僕にではなく言うのが聞こえ、声が受話器に戻ってきた。

《エミリオさんの奥さんに相談してごらんになったらどうかしらね》

と奥様はおっしゃった。

《麻美《あさみ》さんは主人のお弟子さんだった人だから》

ひえ〜っ。

「し、知りませんでした。はい、そうさせていただきます。あの、ありがとうございました。失礼します」

電話を切って、ハァッと肩を落とした。

「破門されたんですか？」

圭が遠慮がちに尋ねてきた。

「なぜまた、そんなことに」

「わからない」

と僕は答えた。

「……考えなくっちゃ」

そう、考えて、なぜあんなふうに叱《しか》られることになったのか、答えを見つけなくちゃ。それから、どうやったら破門を取り消していただけるか考えて……

「電話は福山氏からでしたが、ロスマッティ氏の代理《だいり》ということでかけて来られたんですか？」

「そうじゃない。いや、あー……そうなのかもしれないけど、先生が口に出しておっしゃったのは、ご自分の門下からは破門するってだけで……だけだと思う。でも、これ以上ロスマッティ先生に恥を晒《さら》すなって。いますぐ日本に帰って来いって……」

「たいへんな剣幕でしたね。言っていることは聞き取れませんでしたが」

いや、先生の怒鳴り声は受話器から洩《も》れて逐一《ちくいち》圭にも聞こえていただろう。

「とにかく朝までに考えなくちゃ。でもって朝一番にロスマッティ先生のところへうかがって」

「僕も同道します」

圭が言った。

「どうやら僕にも原因がありそうですから。いざとなったら、すべては僕の責任だということにして」

「だめだ、それはだめ」

僕は言下に圭の申し出を却下して、考え事をじゃまされまいと両手で顔を覆《おお》った。

考えなきゃ、考えなきゃ、考えなきゃ……

「ですが悠季、僕が思い当たる原因としましては」

言いかけた圭を、

「いいから！」

とさえぎった。

「これは僕の問題だから！　僕と先生とのあいだのことなんだから、僕が考えて僕がなんとかしなきゃいけないんだ。悪いけど、黙っててくれないか」

「…………はい」

しゅんとしてしまった圭に、八つ当たりだとあやまるべきだとは思ったけど、言葉は口から出ていかなくて、とうとうそのままにしてしまった。

僕は、のんびりセックスなんか楽しんでた自分が腹立たしい気分で、シャワーを浴びに行き、すっきりもさっぱりもしない気分で部屋に戻って、ソファに考え場所を求めた。

さあ、考えろ、僕は何を間違えた？　どこで失敗したんだろう。

手がかりをつかむために、ローマに来てからの出来事を順を追って検証してみることにした。来る前のことでは思い当たる節はなかったからだ。

福山先生から弟子入りしに行けという命令をもらってすぐに、ロスマッティ先生には、お礼とあいさつの手紙を出した。辞書と首っぴきでのイタリア語作文は、文法や言葉づかいがおかしかったかもしれないけど、そんなに失礼なことにはなってなかったはずだ。

もちろん、ロスマッティ先生があのエミリオさんで、奥様は日本の人だってのが先にわかってれば、無理して変なイタリア語なんかで書かないで、もっとちゃんとした手紙を差し上げられてたんだけど……聞くは一時の恥だし落ちたって雷は一発だと思って、さっさと福山先生にうかがえばよかったけど……

でもあの手紙の件は、どう考えたって今回のことの原因じゃないだろう。除外だ。

とすると……ローマに着いて、お嬢さんが空港まで迎えに来てくれて、ロスマッティ先生ご夫妻とお会いした。

……あれかな？　圭も一緒だったこと？　で、夕食をいただいたり泊めてもらったりしたことが、図々しかったってことか？

でもあれは、圭はちゃんと「ホテルを取ってあるから」って辞退したんだよ。でも先生が「ホテルなんかキャンセルにしろ」っておっしゃって強引《ごういん》に……でも、先生が何とおっしゃっても辞退するべきだったたってことか？

そうか、ロスマッティ先生としては、ああいう場合にはお世辞にでも「泊まってけ」ぐらい言わないわけにはいかないだろうから、そもそも圭に一緒に来てもらってしまったのがいけなかった？

でも、あの時はまだ、ロスマッティ先生が京都弁をしゃべるエミリオさんだっていう確証がなかったから、イタリア語はぜんぜんの僕としては、最初のあいさつの時だけでも圭のサポートが欲しかったんだよなァ……子供じゃないんだから自力でなんとかする覚悟でいるべきだったって言われちゃえば、一言もないけどさ。

あの夜のことで、ほかに思い当たるミスらしいことっていったら……レッスンの話をしなかったこと？　どういう形でレッスンしていただくのかとか、お礼はどうしたらいいとかを、最初にうかがうべきだった？

でもなァ……なんか、そういう雰囲気じゃなかったし、顔を合わせていきなりそういう事務的な話をするっていうのは、失礼になるんじゃないかって気がして言わなかったんだけど……もしかして先生には、熱意がないってふうに受け取られてたとか？

だとしたら誤解なんだけど、でも……いま考えると、やっぱり一番にその話は持ち出しとくべきだったよなァ。なのに僕と来たら、そういう大事なことを後回しにしちゃって……まで考えて、ハタとわかった気がした。

「うっわ〰〰〰」

と思わず口に出た。

大事な話を後回しにしただけじゃなく、僕はいまもって先生とその話をしてないんじゃないか！　昼食の時だってそのあとでだって、チャンスはあったのに！

僕はレッスンのことについては、何一つ先生にうかがいもしなければご相談もしないままで、圭と出かけて来てしまったんだ！

……これじゃ、「イタリアへ行ったのは何のためだ」って先生に怒鳴られてもあたりまえだ。観光のためかブランド物のショッピングかって皮肉られてもしょうがない。

まだ地に足がついてない気分で、頭がよく働いてなかったんだなんて言いわけは通らない。カルロくんとのこともあって気が動転してたんで、圭に誘われるままに出て来ちゃったんだなんてことは、言いわけにもなりゃしない。

……そもそも僕は、新しい師匠とのファーストコンタクトで話しておくべきことや、取るべき行動について、もっとちゃんと筋道を立てて計画しとかなきゃいけなかったんだ。それをいったい、今の今まで何をやってたんだか……先生に叱られなきゃわからなかったなんて、情けない。二十五にもなって、たしかに常識がなさ過ぎだ。先生二人ともに見捨てられたって文句は言えない。

僕はここへ何をしに来た？　バイオリンの勉強をしにだ。なのにイタリアの土を踏んでからいままで、僕はバイオリンケースを一度も開けてない。そのことにもたったいま気がついた。イタリアっていえば、ミューズ達の本拠地なのに、僕は僕のバイオリンでの一音の捧《ささ》げ物もしていない。追い返されたってしょうがない。

でも……そう、これまたゆっくり考える暇もなしにここまで来てしまったのだけれど、僕はロスマッティ先生について勉強するのをほんとに楽しみにして来た。あんまりうれし過ぎて、その意味や、そういうチャンスを得られた自分がどれほど幸運なのか、ちゃんと考えることもできないぐらいに。

ほんとのところ、僕は、ロスマッティ先生がご自宅の音楽室でのあの演奏を聴かせてくださるまで、どこか半信半疑でいた。

これは福山先生には死んだってオフレコだけど、僕みたいな凡才の師匠をされてる先生が、現代の巨匠として世界的な名声を勝ち得ているエミリオ・ロスマッティに、弟子の推薦ができるような仲だったなんて、信じがたかった。紹介をいただいたロスマッティ先生が、あのエミリオさんだったとわかって、友人関係なのは納得できたけど、こんどは、パガニーニ弾きの巨匠とは同姓同名の別人かもしれないなんて疑った。

それほどに、僕みたいな天才とか才気煥発《さいきかんぱつ》とかとは程遠い人間が、そんな高名な師匠の弟子になれるなんてことは、どうにも信じきれなかったんだ。夢じゃないなら何かの間違いじゃないかって、じつはずっと思い続けてた。

福山先生の紹介を信用しないとかって意味じゃなく、僕みたいな奴《やつ》がそんなすごいチャンスを与えられるなんて信じられなくて。

先生のお宅まで圭に一緒に来てもらったのも、もしも弟子入りの話が何かの間違いだったような場合には、イタリア語ができない僕だけじゃどうにもならないからって思って、圭には言わなかったけど、内心ではそんなつもりもあって。

でも、ロスマッティ先生は本物のエミリオ・ロスマッティだったし、僕を弟子として迎えてくださるっていうのも本当で、僕はやっと、僕に恵まれた幸運が幻なんかじゃないってわかって、思いっきりホッと気が抜けた。初めての外国でアガってたうえに、安堵《あんど》感に気が抜けて……取り返しのつかない馬鹿をやってしまった。

福山先生がおっしゃったのは、そういうことだ。もう取り返しはつかない。ロスマッティ先生は僕の浮《うわ》ついた態度がご不快で、ご自分でおっしゃったのか、お弟子さんだったという奥様を通じてかはわからないけど、とにかく福山先生にクレームをお伝えになった。それで先生が僕に電話をかけてこられて……弟子入りの件は取り消しだ。僕は自分でせっかくのチャンスを消してしまった。

でも……でも、このまんまなんか帰れない。送り出してくれた人達になんて言おうかとか、みっともないとか格好悪いとかはどうでもいい。そんなことは二の次だ。

僕はロスマッティ先生に習いたかった。あの天才の膝元《ひざもと》で学んでみたかった。どんなに努力したって凡才は凡才で、あんな天才的な演奏には近づけることすらできないだろうけど、でも親しく学ばせていただくことで、僕っていう人間が持ってる才能の器をちょっとぐらいは大きくできるんじゃないかって、あこがれた。とっても、心からあこがれてた！　だとしたら……もしもの万に一つで、許していただける可能性に賭《か》けるしかない。

ロスマッティ先生の口から「きみの面倒は見られない」と、はっきりそう言われてしまったら、それまでだけど。この夜が明けた時に僕を待ってるのは、絶望かもしれないけど……でもとにかく、朝を待って先生にお会いしに行こう。

何時だったら起きてらっしゃるかな。今朝はどうだった？ 僕が起きたのは八時ごろだったけど、八時半ぐらいに食堂に行った時には先生はおいでにならなくて。先生がお出かけになるような物音は聞かなかった気がするから、僕が目を覚ます前にもう家をお出になってたんだろう。

とすると、七時にはもう起きていらっしゃるはずだよな。ああ……でも毎日おなじスケジュールとはかぎらないけど。それに、そんなに朝早くから、僕の顔を見たり言いわけを聞かされたりするのは、きっと不愉快に違いないし。でもなァ……お昼ごろになってノコノコ顔を出すっていうのも、ふざけてる感じだよなァ。

ともかく、朝といえる時間になったら行ってみることに決めた。

時計を見たら、もう三時をまわってて、圭はベッドの中で静まり返ってて。眠ってるのかどうかはわからなかったけど、確かめてみる気にはならなかった。

明日の朝、先生にお会いして何らかの結論を手にするまでは……吉にしろ凶にしろ、この件に決着がつくまでは、誰《だれ》とも話したくない気分だったんだ。

まだ間に合うか、もう許してはいただけないのか、すがりたい希望と悲観的な観測が交互に頭を占めては他に座をゆずり、明日の僕の運命はどっちと見通しようもない。

ソファに沈んで、待つほかはない夜明けを待ちながら、焦《あせ》る気持ちを握《にぎ》り込んだこぶしの肌にガジガジと歯を立てていて、ふと気づいた。

この手……

握ってひらいてをやってみた手は、どことなく贅肉《ぜいにく》がついてしまったような違和感があった。親指でほかの四本に触れてみた指先も、一皮厚くなって感覚がにぶっているような気がする。

ああ、そうか、遊んでたからだ！　エミリオ先生の前で《アリア》をやった以外は、もうまる二日以上もまともにバイオリンを弾いてない手だからだ。こんな手で明日エミリオ先生の前に出たって、それこそ「何しにイタリアへ来た」だ！

僕はそっと立ち上がって、部屋のすみのデコラティブな箪笥《たんす》の上に置いてあったバイオリンケースを取って来た。

ソファに戻ってケースを開けて、弓とバイオリンを取り出した。顎《あご》当《あ》てをセットして、駒《こま》に消音器を嚙《か》ませ、指ではじきながら調弦《ちょうげん》をやって。弓のねじをまわしていつもの強さに毛を張って、弦に乗せた。

こんな音でも、たぶん圭は目を覚ましてしまうだろうけど……もしかして僕のことが気がかりで眠れなくて、寝たふりをしてるだけかもしれないけど……ごめんね、今夜は僕のつごうを優先させてもらうよ。

消音器をつけたバイオリンの音は、共鳴による響きの増幅を断たれて、ただ弓でこすられた弦が出す音だけになる。防音ができていない場所で、壁の向こうにまで音を伝えてしまうのをはばかるような場合に使う器具であって、これをつけると音程をさらうだけといった弾き方しかできない。

そんなふうに音を殺したバイオリンで、いつもの指馴《ゆびな》らし用のメソッドを弾き始めて、(こんなじゃだめだ)と思った。こんなんじゃとても、遊んでた手の贅肉取りにはならない。

でも、だったらどうしたらいい? ここはホテルの部屋で、こんな時間にギイギイ練習したりしたら、それこそ非常識だ。

富士見町でアパート暮らしをしていたころは、こういう時には河原《かわら》に出かけて行ったりして弾いたもんだけど。このへんにそういう場所があるのかどうか知らないし、パスポートを申請しに行った時にもらった政府からのパンフレットには、日本ほど治安のいい国はめったにないから海外に出たら行動に注意しろって、しつこいほど念を押してあった。でもって僕はまだ、ローマっていうのが夜中に練習場所捜しをやって歩いてもだいじょうぶなぐらい安全な町なのかどうか知らないし。もし強盗にでも遭って、お金ならともかくバイオリンを盗《と》られちゃったりしたら、これを貸してくださっている時田《ときた》さんに顔向けできないし。

でも、練習! 練習しなくちゃ! 練習したい!

さっきトレビの泉にいたのは何時ごろだった? たしか帰りは十一時過ぎてたよな。でもまだ泉のあたりにはカップルや旅行者達がいた……ってことは、ここは治安はいいって思っていいだろう。それにたしか、このすぐ近くに大きな公園があったはずだ。

そこで僕は、バイオリンをケースに戻し、ベッドのところに忍び寄って圭のようすをうかがった。

寝てるみたいだ。わざわざ起こしてまで声をかけてくことはないよな、遠くまで行く気はないんだし。ええと、地図……なんてやってると圭を起こしちゃうかな。フロントで聞けばいいや。おっと鍵《かぎ》は持ってこう。

そのまま忍び足でドアまで行って、部屋を出ようとしたところでだった。

「悠季？」

あちゃ〜、起こしちゃったか。

「ごめん、ちょっと弾きに行ってくる。すぐ帰るから」

廊下へ踏み出しかけてた戸口からそう告げたら、圭は、

「え？　悠季、どこへ!?」

なんて大声を出すもんだから、あわててドアを閉めた。もうっ、近所の迷惑を考えろって！

ええと、こういうホテルならフロントは二十四時間営業だよな。

それでも、午前三時なんてふつうじゃない時間の外出なんで、ちょっとドキドキしながらフロントのあるロビーまで降りたら、どこかで飲んでいま帰ってきたらしい一団が、にぎやかに笑いさざめきながらルームキイを受け取ってるところだった。なんだ、ここも東京並みに夜更かしなんじゃないか。

僕もフロントに行って、『公園』っていうイタリア語を思い出せなかったんで、英語と身ぶりで公園への道を確かめて、キイを預けて出発した。

自動車道を二、三分歩いて、城壁みたいな塀のアーチ門を抜けて、それっぽい木陰があったんで入り込んでみた。うん、このへんはもう公園の中みたいだ。

えーと、あの街灯のあたりがいいかな。とりあえず近くには、「うるさいっ」って声が飛んで来そうな人家はないようだから。

ええと、いま三時十分……五時までやってホテルに戻ろう。

読み取った腕時計をはずしてズボンのポケットにしまい、ケースからバイオリンを出してスタンバイして、メソッドを弾き始めた。

ああ……左手がぎくしゃくする。くそっ、右手もだ。タイミングも合わないし、まるっきり最低じゃないかっ。でもって音もだよ、ただ弾けばいいってもんじゃないだろ！　ちゃんと音にも気を遣《つか》って……いや、待て、それはちゃんと指が動くようになってからだ。

くっそ～、時間が足りないかも。持てよ、焦って力んでどうする、それじゃよけいに指も腕も肩も固くなるだろ⁉

あーもー、なんで僕は二日も何にもしないでいたんだ！　せめて一時間ずつでも弾いてたら、こんなにはナマらなかったはずなのに！　あ～っ、も～～っ！　守村悠季の馬っ鹿野郎～ォ！

それでもどうやらこうやら、勘が戻ってくる感じで手が動くようになり、それにつれて音色も、どことなく濁ってた水が澄《す》んで来るみたいに張りを取り戻して、やれやれと胸をなで下ろした。メソッドは終わりにして何かエチュードをやろうと、バイオリンをかまえ直した時だった。

ふと、後ろに誰《だれ》か立ってるような気がして振り向いた。ドキッと心臓がスキップした。背にしてた街灯の十メートルほど向こうの木《こ》の下闇《したやみ》の中に、じっとこちらを見てる感じの人影があったんだ。木の葉が茂って明かりが届かない場所に立ってるんで、人だって以外はよくわからないけど、どうも、のっそりと大きな男みたいだ。

こんな時間にあんな場所にあんなふうに立ってる奴《やつ》なんて、どう考えてもまともじゃなくて、僕は（どうしようっ）と焦った。もし強盗だったら？　金を渡せば、バイオリンは見逃してくれるだろうか。それとも、いまのうちにダッシュで逃げ出すべきだろうか。

でも、ダッシュするにはバイオリンケースを拾い上げなくちゃならなくて、それをやれば逃げようとしてるってわかるだろうから、よっぽどすばやく、パッと取ってダッと行かないと。このくらいの距離、足の速い奴ならあっという間だ。

ああ、でも、バイオリンと弓で両手ふさがってるんだぞ!?　でもって、バイオリンは借り物だし、弓は小田《おだ》さんの特注品で、どっちも傷はつけたくなく！

ケースは捨ててくしかないか？　時田さんがバイオリンと一緒につけてくださった借り物だけど、もたもたしててグァルネリを盗られちゃうよりはましだよな。……しょうがない、ケースはあきらめよう。

そうと決めて、目では人影の動きを見張りながら、ダッシュにそなえて右足をじりっと後ろにずらした。

と、ずいと人影が動いた。来る！

僕はとっさに、駆け出そうと身をひるがえした。

「わあっ！」

目の前に二人！　仲間!?

腕をつかまれた！

「ノー！」

とわめいて、相手が制服を着ているのに気がついた。警官か？　だよっ、ラッキー！

ところが制服警官達は、なぜか僕の手からバイオリンを取り上げようとしてきたんだ。

あわてて腕にかかえ込みながら怒鳴った。

「ノー、イッツ　マイン《これは僕のだ》！　だめだ、乱暴にしないで！」

でも警官達はきびしい顔つきで僕の肩をつかんできて、力ずくでバイオリンを奪おうとしてくる。

なんなんだ!?　と焦りながら、

「やめてくれ！　Ｂａｓｔａ《バスタ》！」

と叫んだところへ、

「ノ!!」

と僕の後ろから言った怒号は、僕のよく知ってる声で、(助かった!)と振り返った。

街灯の明るみの中をつかつかと歩み寄ってきた圭は、警官達に向かってイタリア語で何かまくし立てながら僕と彼らとのあいだに割って入ってくれて、僕はいそいでバイオリンに点検の目を走らせた。ああ、よかった、なんともない。

それから、木の下の暗がりに立ってたのは圭だったらしいと気がついた。

うん、あの場所にはいまは誰もいなくて、圭はあっちの方向からやって来たんだから、あれは圭だったんだ。まったくもう、脅かすなよっ。本気でビビッたじゃないか。

「悠季、パスポートを持っていますか?」

と声をかけられて、

「うん」

とポシェットをまさぐった。あ……

「ごめん、バッグごとホテルに置いてきちゃってる」

「ああ……では、身分証明がわりに一曲弾けますか?」

「なんで? 疑われてるのか?」

「まあ、その、不審な人物だと思われているようでして。そのバイオリンの持ち主であるバイオリニストだということが証明できますと、たいへんけっこうなのですが」

「あ、そ……日本じゃ、夜中に練習してても職務質問されたことなんてないけどね」

しかしここはイタリアで、郷に入っては郷に従うしかないだろう。

「ブラッシュアップ中だったんだから、名演奏ってわけにはいかないぞ」

ブツブツ言いわけしながら、さっきの乱暴でチューニングが狂ってないのを確かめて、頭に浮かんだクライスラーの《愛のあいさつ》をやり始めて、反省した。こんな喧嘩《けんか》を売るみたいな弾き方があるか、やり直しだ！

僕に不審人物だなんて疑いをかけた警官達への不愉快さは引っ込めて、心の中にさわやかな夜の風を取り込み、気持ちを音楽することに向けて、弾き出した。

ほがらかに誇らかにスキップするみたいな心のはずみを表現する第一テーマ、恋をしている者の目には世界は甘い香りに満ちたロマンチックな場所であることを歌う第二テーマ……ああ、小品だけど綺麗《きれい》な曲なんだよなァ。ほんとならもっといいコンディションで聴いてほしいけど、ともかく精いっぱいに美しく奏《かな》でよう。

三分ほどの曲はすぐに終わってしまって、まだ弾き足りなかったので、引き続き《愛の悲しみ》をやり、興がおもむくままにアルベニスの《タンゴ》……それからの連想でサラサーテの《チゴネルワイゼン》に行ったところが、引っかかった。

違う、この出だしは、もっとこう、心の中の情熱を空に向かって叫び放つ感じでタラララ

〜ッと行かなくちゃ。

　その空は、青くて高くて……いや、雪雲に覆われた低い空かな……でもとにかく見上げれば空漠《くうばく》と広くて、そんな場所に僕は一人ぽつんとバイオリンを肩にして立っていて。曲の冒頭にほとばしらせる情熱は、その場にはいない愛する人への「好きだぞ〜！」って叫び？　それとも、被差別的な境遇にいるジプシー青年の叫びだとしたら、「おれはここにいるぞ〜！」とか「どっこい生きてるぜ〜！」とかって感じかな。

　とにかく、ヘナヘナした音でヘラヘラ駆《か》け上ったんじゃだめだ。情熱のほとばしりなんだから。

　三回やってみたけど、気に入らなかった。だめだ、もっとこう……もっとこう……！　違う、まだ違う、もう一度！　そんな線の細い女性的な叫びじゃないんだ、音程は高いけど力強さが必要で……違う、違う！　力じゃないんだ、ギコギコ力を入れて弾けってんじゃない！　音量じゃないんだよ、音にこもってるもののたくましさだ。骨太さっていうかそういうような……あ〜だめだ、響きが濁っちゃだめだ、そうじゃない。そうじゃなくって、もっとこう魂を解き放った咆哮《ほうこう》みたいなタララ〜ッて音が……！

「くそっ」

　と吐き捨てて、その自分の声にはっと我に返った。え、あ……ええと？　たしか、チゴイネルの出だしの研究に没頭していいような状況じゃなかったんじゃ……

でも、圭はそこに腕組みをして立ってたけど、警官達はいなくなっていて……あれ？

「えーと」

と圭の顔をうかがった。

「どうぞ続けてください」

と圭は頭を振って見せた。

「おまわりさんは？」

「行きました」

「あ、そ……」

ふと、空が明るくなり始めているのに気がついて、ポケットから腕時計を引っぱり出して見た。

「うわっ、こんな時間!?」

いつの間にか五時半を過ぎてて、ブラッシュアップはまだやり足りてないけど、先生が早朝から出かけてしまわれる可能性も怖い。後ろ髪を引かれながらもタイムオーバーってことにした。

ケースから出した鹿革で、弦と響板に散った松脂《まつやに》をぬぐいながら、

「さっきは助かったよ」

と圭に声をかけた。

「もっとも最初は、あそこの木の下にいたのがきみだってわからなくって、思いっきりビビッたんだけど。強盗じゃないか、ってさ」

「ようすのわからない土地で、深夜のひとり歩きなどするものではありません」

そう言ってきた圭の言い方は穏《おだ》やかだったけど、苦言には違いなく、たしかに怖い思いもした僕としては首をすくめるしかなかった。

「どうしても練習したくって、矢も盾もたまらなくってさ」

そう言いわけした。

「朝一番でロスマッティ先生のところへお詫《わ》びに行くんだけど、その前にどうしても練習したかったんだよ。

ほら、こっちに出発する前の日以来、先生の前でちょこっと弾いた以外はぜんぜん練習してなかったもんだから、手がすっかりなまっちゃっててさ。こんな遊びほうけた手じゃ先生のところへうかがえないから」

「一人で出かけてしまわれたので、たいへん焦りました」

「あー……だってさ、治安の悪い町じゃないようだし、僕は女子供じゃないわけで。きみは寝てたみたいだったしさ」

「僕が心配するだろうとは思いませんでしたか」

「……ごめん。悪かったよ」

かなり複雑な気分で僕は言った。心配してくれるのを邪魔がったりしちゃもうしわけないけど、でも圭のこういう過保護さが、僕に判断を間違わせたって面もあるような気がするぞ。

道々、僕らは黙って歩き、その沈黙は僕のせいであって気詰まりでもあったけど、でも僕にはまだ、圭に先生に叱《しか》られたあれこれを話す気持ちの余裕はなくって。というより、あんまり馬鹿なしくじりだもんで、恥ずかしくて話す気になんかなれなくて。

紫色から青へと明け始めている空の下を、ホテルに取って返し、ロスマッティ先生のところへ出頭する身支度にかかった。

手早く顔を洗ってひげを剃《そ》り、髪を調《ととの》え、少々汚れてたメガネも洗いあげて、クリーニング屋のタッグをはずしたワイシャツを着込み、ズボンのしわはあきらめた。

ジャケットを着込んだところで、ソファからのバリトンが、

「コーヒーでも飲んでいかれては？」

と尋ねてきた。

「うん、いい」

と答えて、あんまりぶっきらぼうだったと思ってつけくわえた。

「なんとか荷物をまとめて帰らされないで済むように頼み込みに行くんだから、コーヒーどころじゃないんだ。もっとも、いまさらもう手遅れかもしれないけどね」

「僕からの口添えは、やはり無用だと？」

「うん。一人で行って、一人で話す」

「そうですか……。では僕はここで、吉報を待っています」

「気合い入れてお祈りでもしといてくれるとありがたいかも」

「ええ」

その時の僕は、圭がこの一件をどう考え、どういう思いでいるかなんて気にかける余裕はなかった。

「ああ、ごめん、先生のお宅までの道なんだけど」

「送って……は……いけませんか？」

「もう朝だし、一人で行くよ」

ちょっと苛立《いらだ》って言ってしまって、八つ当たりを繕《つくろ》おうと言い添えた。

「僕だって道を覚えなきゃいけないし」

圭はため息をかみ殺した顔でうなずいた。

「歩いても五、六分でしょう。地図で説明します」

「うん、いま出す」

ベッドの上にガサガサと詳細市街図を広げた。

「ここがエクセルシオールです。この前のベネト通りを、さきほどとは逆に道なりに下って行くと、道路の右側に『アンバシアトリ・パラス・ホテル』。それを通り過ぎて、この『ホテル・マジェスティック・ローマ』を過ぎた、この路地を曲がってください。通りはすぐに階段になっていて、そこをつき当たった道が『芸術家通り』です。ロスマッティ氏のアパートは、T字路から左に出た、このあたりです」

「ん、わかった。サンキュ」

僕は圭の唇にチュッとキスを贈って、バイオリンケースを片手に出かけた。

先生のお宅に着いたのは、まだ六時十分という時間で、もうこれ以上は待っていられなくて来てしまったのだけれど、いかにも早過ぎた。

僕は鍵《かぎ》をいただいているから、もちろん中に入って先生が起きられるのを待たせていただくこともできるんだけど、こんな早朝に玄関を開けて入り込むなんて図々しいにもほどがあるだろう。

でもこうして道端に立っているのも、不審人物ふうで怪しまれそうな気がする。また警官とトラブったりするのはいやだなァ。

そこで僕は、門の中までは入らせてもらうことにした。鍵を出して、巨大な門扉を押し開けたら、ギッときしんだんで身が縮む思いをして。音が響くアーチの下を足音を忍ばせて歩いて、中庭に出た。

あとは七時になるのを待って……いや、七時半ぐらいがいいかな。うん、ほんとだったら八時までは待つべきだもんな。でもそうすると、先生のお出かけ間際ってことになってしまうかもしれないから……七時四十分だ。七時四十分になったら、先生のお宅に上がって行って……土下座《どげざ》でも何でもしよう。今日だけじゃダメなら、何度でも日参して……

でも、もし、もうおまえの面倒を見る気はないって、はっきり言われてしまったら？

食い下がれよ、許しがもらえるまで。

でもそれじゃ迷惑の上塗りじゃないか？

もちろん、そうだ。じゃあ、あきらめるか？

それは……あきらめられない。だってほんとに、すばらしいビッグチャンスなんだ！　なら、先生が折れてくださるか、そんなチャンスを棒に振ってしまったことをあきらめきれるかするまでは、がんばるしかないだろう。

でも先生にとっては、きっとすごく迷惑だ……弟子入りを認めてくださったのだって、福山先生との友情に免じてのことだったんだから。きっと先生が頼み込んでくださって、ロスマッティ先生は「マサオがそこまで言わはるんなら」って感じでしょうがなく引き受けてくださって、でも僕は礼儀すら心得てない馬鹿野郎で。

ロスマッティ先生にしたら、もう僕なんかの面倒を見る義理はないって感じで、福山先生からも「あんな馬鹿者を頼んでもうしわけなかった」ってでもおっしゃっておられるだろうし。

僕をもう一度弟子としてあのドアの中に迎えてくださる理由なんて、先生には何一つない。

（だったら、あきらめるか？）

それは……

（しつこくまとわりつけば、根負けして折れてくれる可能性もあるかもしれないけど、嫌《きら》われるどころか憎まれるぐらいまで行く可能性のほうが大きいぞ）

わかってる……けど……

（たしかに、嫌われようが憎まれようが、失うものはないよな。いまだって先生の心証はマイナスに落っこってるんだ。福山先生には破門されてるんだし、どっちみちおまえの将来はすでに真っ暗だ。この先もっと悪いことになるとしたら、つきまとわれて閉口した先生に警察に突き出されて、強制送還でも食らうぐらいのことだろう。ハハッ、もう決まったようなもんのお先の真っ暗さに比べたら、たいしたことじゃない）

そうなんだ、そう……ここでどうにもならなかったら、僕のバイオリニストとしての先はない。日コン入賞って言っても優勝じゃない、三位だ。僕にしたら鬼の首を獲《と》れたも同然の大手柄だけど、しょせん三位は三位だ。そんなの、プロでやるには肩書きの足しにもならない。過去の『優勝者』達でさえ、そのうちの何人がプロとして演奏活動をやれてる？　そんな世知辛《せちがら》い世間の中で、三位入賞なんていったって、通用する看板じゃない。そして実力だって……

三位は三位なんだ。それ以下ではなくても、それ以上でもない。

そんな僕が、もしかしたらプロでやれるまでに腕を磨《みが》けるかもしれないチャンスが……唯一のチャンスが、ロスマッティ先生に師事することだった。

そう、もうあとはない。福山先生に破門されたいまとなっては、べつのチャンスをつかめる可能性なんて決定的にゼロだ。

それなのに僕は……いただいたチャンスの重さをきちんと認識することもできずに!!

「ううっ、くっそォッ」

と自分に向かって吐き捨てた。もちろん、中庭を浸《ひた》している朝の静寂を破ったりしないように、口の中でこっそりと。

僕はどうしようもない馬鹿だ。いま僕が立ってるのは、バイオリニストとしてものになれる可能性をつかめるかダメかの、決定的な別れ道だ。……バイオリニストとしての僕が生きるか死ぬかの瀬戸際《せとぎわ》だ。

だから……だからこの際、ロスマッティ先生におかけするご迷惑やご不快には目をつぶらせていただく。もうしわけないけど、自分のつごうを優先させていただきます!

そしてもしお許しがいただけたなら、この償《つぐな》いはどんなふうにしてでも……先生のお気が済むまで何でもさせていただきます! 誓います! ですからどうか、見捨てると決めてしまった僕へのお気持ちを変えてください。内弟子なんて贅沢《ぜいたく》は申しません、月に一回でも二月《ふたつき》に一回でもレッスンを受けさせていただけるなら充分です! どうか……!

そんな必死の祈りを胸の中でつぶやきながら、先生のお宅がある階の閉じられた窓を見上げていた僕は、お宅に上がるエレベーターから中庭に出てくるドアが開いたのには、まるっきり気づいていなかった。

だから、至近距離から「ワンッ！」と吠《ほ》えつかれて度胆を抜かれ、とっさに振り返ろうとした足が驚愕《きょうがく》のあまりにもつれたところにドシンと体当たりを食らって、ものの見事にひっくり返った。その一瞬にどうやってバイオリンケースを守れたのかは、神のみぞ知るだ。

「ユウキ！　どうもない!?」

ロスマッティ先生の声が叫んだ時、僕は石畳の上に仰向《あおむ》けになってて、建物の屋根に四角く切り取られた薄青い空を見上げていて。

「ロッシ！　ドゥート《座れ》！」

僕をすっ転ばせたのはロスマッティ先生の飼い犬のロッシで、彼は叱《しか》られてお座りをさせられて、先生はジョギングパンツ姿で。

「頭打ちはったんやろか!?　うちの声、聞こえてはる!?」

「あ、はい、だいじょうぶです。驚いたもんで足がもつれて」

言いながら起き上がって立ち上がり、したたかにぶつけた証拠に尻《しり》と背中と左肘《ひだりひじ》がジンジン痛いが、たいしたことはないのを確認した。

「ほんまに!?　怪我《けが》はしてはらへん!?」

「はい。転んだだけですから。バイオリンも無事です」

「そんならよろしゅおしたけど」

先生は太った肩をホ〜ッと落として、

「いやァ、びっくりしたわァ」

と胸をなで下ろすしぐさをしてみせた。

「ロッシはふだん、人に飛びかかったりせェへんのに」

僕は苦笑して、動きたくてモジモジしながらもお座りの命令を守っているでっかいグレートデンに、右手を差し出した。

「こんな時間にこんなとこにぼやっと立ってたもんで、怪しい奴《やつ》だと思ったんでしょう。ごめんな、ロッシ。おまえは悪くないよ」

ロッシは僕が頭をなでるのを許してくれて、手をなめてくれるなんてお返しまでしてくれた。

「ほんまや、こないな朝早うにどうしはったん？」

と聞かれて、転んだせいですっ飛んでしまっていたドキドキの用件を思い出した。

「あの、お詫《わ》びとご相談がありまして」

だが先生は、いかにもお出かけの予定だ。

「ロッシの散歩ですか？」

「毎朝ジョギングしてるんや。これ以上は体重が増えんようにせェて、麻美さんの命令でなァ」

「あのっ、じゃない失礼」

アノというのは、イタリア語ではアナルのことなんだ。

「ええと、僕もお供させていただいてもよろしいですか？　その、どうしてもお話しさせていただきたいことが」

「バイオリン持って走らはんの？」

と返ってきた。

「はい」

と答えた。でも、言ってしまってから後悔した。この中のグァルネリは借り物だ。

（ええい）

と、やけくそで気にしないことにした。もしも破損してしまったら、一生かかってでも弁償する、ってことにする。

でも、

「楽器は大事にせなあかんよ」

と先生が僕をにらんだ。

「承知してます、重々」

と僕は顔を伏せた。黒星の一個追加だ。

「借していただいている物ですし。でも、先生とお話しさせていただけるチャンスを手に入れるためだったら。あの、じゃない、ええと、ケースは揺すらないように走りますから」

じっと見られてる感じで何秒かが過ぎ、

「待ってたげるし、置いてきたら」

先生がおっしゃった。

「話は聞くさかい。部屋に入れておいで」

「は、はい！」

僕はダッシュでエレベーターのある昇降口に向かい、玄関を入るのや出て来るのは極力静かにやり、ダッシュで中庭に戻った。

「すみません、お待たせしました」

「ロッシ、ヴィエーニ！」《行くよ》

愛犬に声をかけて、先生はタッタッと門の外へ走り出し、僕も続いた。

ダッシュで駆けて行ってはダッシュで駆け戻って来る犬はしゃぎのロッシをお供に、先生はゆるい坂道になっている芸術家通りをタッタカタッタカ上って行き、ホテルらしい建物の前を通り過ぎてしばらく行ったところで、レンガを積んだ城壁のような塀に開けられたアーチ門をくぐった。

あれ？　ここ、練習に来た場所か？

門の中にも車道が続いて、けっこう交通量もあったので気がつかなかったが、アーチはピンチアーナの門で、僕達はボルゲーゼ公園の中に入っていたんだった。

車道は門からすぐのところで右に曲がっていき、先生は見覚えのある木立ちに囲まれた広々とした遊歩道を黙々と走り続け、僕は、ペースとしてはかなりゆっくりなのにすっかり息が上がってしまっている自分の、情けない運動不足ぶりを呪《のろ》いながら、意地と根性を総動員してとにかくついて行った。

先生がやっと足を止めたのは、僕が練習をやった場所よりずっと奥の、まばらな木立ちの中にいくつかのベンチを置き水飲み場を作ってある小さな広場で、ロッシは顔見知りらしい五、六匹の先客達とあいさつをしに行った。

先生はハッハッと短く弾ませていた息を深呼吸に変えて、スーッハーッと酸素の補給をしながらおっしゃった。

「なんや話があったんやないの?」

僕はハァハァと息を切らしながら、

「は、はい」

とうなずいたが、急には口がきけなかった。ほんとに運動不足で、情けないったら。

そのあいだに先生は、ロッシの友達の飼い主達とあいさつをしに行ってしまい、僕は、話は走っているあいだにするべきだったのを知った。

つまり残ったチャンスは帰り道しかないわけで、のんきにゼーハー言ってる場合じゃない

ぞ！

向こうのほうで、なかなか美人な中年女性としゃべっていた先生が、「チャオ」というふうに手を上げて、

「ロッシ！」

と愛犬を呼んだ。休憩は終わりだ。

僕は急いで何度か深呼吸して体勢を整えると、タッタッと走り出した先生を追った。

ゆっくりペースの先生にはすぐに追いつけて、歩調を合わせながら話を始めた。

「じつは、たいへん失礼なことをしたと反省しまして、そのお詫びと、お願いを聞いていただきたくて」

先生は横目でちらっと僕を見ただけで何もおっしゃらず、でも聞いてはいただけるようだったので、僕は勝手に話させていただくことにした。

「これはもう、お聞き苦しい言いわけにしかならないんですが、僕は、こちらに来て実際に先生のお顔を拝見するまでは、自分の幸運が信じきれていませんでした。僕みたいな人間にとってはほんとに夢みたいな、いえ、夢見たこともないようなチャンスを突然いただいて、何かの間違いじゃないのだろうかと、心の底でずっと疑ってたんです。でも先生にお会いしてバイオリンも聴かせていただいて、やっと、これは現実なんだと信じることができました。

ところが僕は、こんどはその現実に目がくらんでしまって……先生のような高名な方に親切

におもてなしいただいて、しかも内弟子として迎えていただくことになるなんて、ちっとも考えてなかったですから。福山先生の時のように月に一度か二度、お宅におうかがいしてレッスンをつけていただくのだと、そういう見ていただき方しか考えてなかったんです。

それで、ええとその、すっかり気持ちが浮《うわ》ついてしまいまして。当然最初におうかがいするべきだったレッスンのことも、何もお尋ねもせず。きっと、こいつは何のために来たんだってご不快に思われたと思います。大事なレッスンの話もしないうちに、友人と出かけてしまったりして。その友人も、本来はお宅に連れてなんか来るべきではなかったのに、ご親切をいいことに、身のほどもわきまえずに甘えさせていただいてしまって」

そろそろまともにしゃべるのは限界になって来ていた。でも僕は必死で話し続けた。いま聞いていただかなくては、次のチャンスはないかもしれない。いや、きっとない。

「そ、それで、ほんとに馬鹿なんですけど、ゲホッ、す、すいません。僕がそういう自分の失敗に気がついたのは、ほ、ほんとにお恥ずかしいんですが、昨夜、福山先生からお叱《しか》りの電話を、い、いただいてからで」

走り慣れない体を運んでいく一歩ごとに息が揺れて、その息は消費するだけの酸素量をまかないきれなくてハァハァ喘《あえ》いでしまっていて、だらしないことおびただしい。

「じ、自分がやったことを反省してみて、先生がおっしゃったとおりの馬鹿者だと、あ、青くなりました。破門だと、せ、先生には言われてしまいましたし、さっさと」

ハァッハァッ、

「いますぐ荷物まとめて帰って来いと……言われてしまったのも、あた、あたりまえで。で、でも僕は、いまさらこんなお願いができる筋合いじゃないのは、じゅ、重々、承知してるんですが、ど、どうしても、あき、らめられなくって。う、ゴホッ、う、内弟子として置いていただくなんて贅《ぜい》、贅沢《ぜいたく》はもうしません。チャ、チャンスはもう、僕の手の中から逃がしてしまったと……ハッハッ……自分の馬鹿さ加減が……ゲホッ……でも、なんとかもう一度……ゴホッ、ゴホッ！　お、お願いします、先生！　ど、どうか、もう一度だけっ」

先生が立ち止まった。でもそれは、僕に返事をしてくださるためではなく、お宅の門の前に着いていたからだった。先生は重い門扉を開けて、ロッシを通してやってから自分も中に入っていかれ、僕はよろよろしながらあとに続いた。

僕が中庭に入っていった時、先生は太った体を大きく伸ばして気持ちよさそうに深呼吸しておられて、まるまるとした頰《ほお》の血色のよさが適度な運動の効果を主張していた。

僕のほうは、急に立ち止まってはいけないという持久走のセオリーを守らなかった報《むく》いで、心臓はバクバクだし息はゼイゼイで、口もきけなくなってしまっていた。

「うちが思うてたんは」

と先生がおっしゃったのが聞こえて、僕は急いで息音を押し殺し、聞き耳を澄ませた。

「ユウキはどっちを見てはるんやろ、ってことやね」

「トウノインくんを連れてきはったのは、べつにかまわへんけど、ユウキはうちと話すよりも、彼の顔色ばっかりうかごうてはったから」

ど、どっち……とは？

うっ……はい。

「うちはマサオには何も言うてへんけど、どうしたらええやろかとは思うてたんや。ユウキがうちやのうてトウノインくんばっかり見てはるんやったら、うちはトウノインくん通して教えて上げなあかんのやろか、てね。せやけど、彼はバイオリニストやないし、どうしようか思て困ってたんやわ」

それは、口調は冗談めかしていたが、痛烈な皮肉だった。福山先生だったら、「金魚のフンなんかにものが教えられるか！」と来ていただろう。

「ま、彼は強烈な個性の持ち主やし、えらい指導力のあるディレットーレ《指揮者》なんやろうし、ユウキが崇拝《すうはい》してはる気持ちもわかるんやけどね」

「もうしわけありませんっ！」

僕は思いっきり頭を下げた。

「たしかに、おっしゃるとおりです！　僕はいろんなことで彼に頼るのに慣れてしまってて、その、甘え癖がついてしまって、二十五にもなってみっともないことで！　反省してますっ、ほんとです！　もう二度と、そんなことは」

ああ……ほんとうに！　僕はまた、言われるまで気がつかなかった。そう……問題の核心はそこだったんだ。

僕がロスマッティ先生のところへ来たのは、自分の勉強のためなのに、テーブルでの会話も行動予定を立てるのも、主に頼って任せるみたいなことにしちゃって。母親のエプロンの陰に隠れて出て来ない子供みたいなふるまいを……！

「穴があったら入りたいです。ほんとにお恥ずかしいていたらくで」

「ほなら、ごはん食べよか」

けろっとした調子で先生がおっしゃった。

「トウノインくんは居てはらへんけど」

先生はわざとらしく背伸びをして僕の後ろを見まわし、

「一人でもどうもなかったらおいでやす」

僕は耳まで真っ赤になってしまった。

この先生は、表現方法は福山先生と正反対だけど、負けず劣らずの皮肉屋で毒舌家だ。にっこり笑って人を斬《き》るってタイプだったんだ。

でも、そうやってイジメてくださったおかげで、僕はかえって気が楽になった。僕はそれだけのことをやったんだし、やっつけられることで償《つぐな》いをさせていただけるということだ。

そして何より……今回は見捨てないでいただけたってことだ！

エレベーターに向かいながら、先生が、

「ユウキはふだん走ったりしはらへんの?」

と聞いて来られた。

「はあ、電車に乗り遅れそうな時ぐらいしか……」

と答えたら、

「ハーッハーッハーッ」

と大笑いされた。

「うちは毎朝走ってんのや。麻美さんと結婚してからずうとやさかい、もう十年以上やね」

「はァ……」

感心する一方で、これだけの巨体でジョギングなんてハードな運動をやって、心臓への負担はだいじょうぶなんだろうかと思ったが、口には出せない。

「うちやったら横にころがったほうが早いんとちがうかて考えてはるやろ」

「え!? い、いえっ」

誤解です!

「ただその、ジョギングは軽い運動みたいに見えて、けっこう心臓に負担がかかるスポーツだって聞いてますので」

先生はそれには返事をせず、ドアの開いたエレベーターに乗り込みながら、

「口ゆうんは、そないして思ったこと言うためについてるもんえ」

とおっしゃった。

「ユウキは何か言いたそうな顔はしはるけど口が重いさかい。こっちは（この子、言いたいことあるらしいけど、何やろかなァ）て気になる」

「す、すみません」

狭いエレベーターボックスが密閉空間になったとたんに、汗をかかれた先生の濃厚な体臭がツーンと鼻を襲って来て、僕はこっそり息を詰めた。

「日本人はだいたいしゃべるの苦手で、かわりにテレパシー使《つこ》うたはるみたいやけど、イタリア人は口から先に生まれてるさかいな。しゃべってしゃべって知り合うんえ」

ドアが開いたとたんにロッシが飛び出していった。もっとも、匂《にお》いから逃げ出したわけじゃなく元気が余ってるだけだろうけど。

「そやから思うたことは何でも、口に出して言うてもろたほうが気持ちええんやけど、そないしてくれはる？」

「はい。ええと、努力します」

「そやな、ユウキにはそれも修業しはったほうがエエことやろな。思うてること全部バイオリンに言わせへんねやったら、しゃべらへん口といっしょで宝の持ちぐされえ」

「はいっ」

食堂には奥様がいらして、僕を見ると（あら）という顔をなさった。

先生はシャワーを浴びに行かれ、僕も汗まみれだったけど、奥様と話させていただくほうを優先した。

「おはようございます」

と声をかけて、

「昨夜、福山先生からお叱《しか》りの電話をいただきました」

と打ち明けた。

「おかげさまで目が覚めました。あの、ありがとうございました」

奥様は唇の端をピクッと震わせ、それからやおらにっこりと笑顔を作った。

「ほんなら、うちの告げ口も役に立ったゆうことやねえ」

「つ、告げ口だなんて！　言っていただいて先生に叱っていただかなかったら、僕はずっと自分の馬鹿さに気がつかなかったと思います。ですから、とてもありがたかったと。

ただ、あの、その時に先生から『破門だ』と言われてしまいまして。も、もちろん僕が悪かったんですから、先生のお怒りはごもっともなんですが、しかし」

「あないな怖いセンセと縁が切れて、ほっとしやはったんやないの？」

ああ、この奥様もすみに置けない皮肉屋さんだったんだ。

「そういう本音もないことはないですけど」

僕は正直に白状した。

「怖い先生でほんとに苦手ですけど、先生が僕に与えてくださったご薫陶《くんとう》には心底感謝してます。そんな先生を、僕はすっかり失望させてしまったわけで」

「守村さんは人を叱らはったこと、ある？」

「あー……いえ、あまり」

高校の臨採で部活の指導をしていた時も、僕はめったに生徒を叱らなかった。

「人を叱るのて、エネルギーいるんやわ。叱る前には相手のことで怒るわけやけど、真剣に怒るゆうのんはほんまに疲れる。

うちもよう福山先生には怒鳴られたし、あないにいつもいつも怒ってはる先生はイケズな鬼おジジや思うとったけど、自分が教える立場になってみて気がつきましてん。生徒がかいらしいさかい、そんだけのエネルギー傾けて叱り飛ばしてくれてはったんやわァて」

う……？　それって……

「なんてゆうんやろ、生徒てなあ……可愛いてなると、ある面では自分の子ォへの愛情も越えてしまうゆうか……恋した相手の世話を焼きとうなる気持ちと似てるかもわからへんな」

こ、恋人の……？

「源氏《げんじ》がな、ほらあの『源氏物語』の光源氏《ひかる》え？　一目惚《ひとめぼ》れした十歳の紫《むらさき》の上を手元で育てはるやろ？　かいらしい思た生徒さんいうんは、ちょうどそんな感じやね。

もっとも福山先生の育て方は、蝶《ちょう》よ花よやのう、愛のムチたっぷりに時た〜まアメゆうところやけど」

ええ、ああ……ええ。

「今夜にでも電話して、『おかげさまで追い返されずに済みました』て報告しときやす。きっといつまでたってもチクチク言わはるやろうけど、それがあの先生の愛情やさかい」

「はい……はいっ」

よくわかりましたとうなずいてみせた僕に、麻美奥様はヒラヒラと手を振っておっしゃった。

「ごはん食べる前にシャワーして来て。よう汗かかはったんとちがう？」

「す、すいません！」

おおあわてで退出しながら、僕は、改めて奥様に感謝してた。

同門のよしみというおつもりだろうけど、福山先生という師匠のことをあんなふうに話してくれた人は、いままでいなかった。そして僕のことを、おまえは可愛がられてる弟子なんだ、なんて言ってくれた人も。

そう……日コンの時も今回のことでも、福山先生から破格のご厚意をいただいているのは自覚してた。でも、先生とのあいだには堅固な壁があって、レッスンはしていただいても雑談なんか一回もしたことがないような、つき合いは深いのに遠い存在で。

いつもいつも怒鳴られっぱなしの叱られっぱなしで、《雨の歌》の仕上げをしてたころには気味が悪いほど和気あいあいな感じで教えていただいてたけど、いつまた怒鳴られるかって内心では耳栓をかまえてたりして。

僕は先生にとっては気に食わない不肖《ふしょう》の弟子で、怒鳴り散らされたりスコアを投げつけられたりするのは、僕なんかを引き受けてしまった腹立ちからで、僕が逃げ出すのを期待しての仕打ちじゃないかなんて、昔はそんなことも思ってた。

愛のムチとか言葉では言うけれど、福山先生のくださるムチは、僕には、呆《あき》れられて面倒がられて憎まれてるからみたいに思えて、そんな先生への反発心が、僕をあのきびしいレッスンに耐えさせたようなもんだった。

でも、ああいうふうに言われてみると……気に食わなくて面倒くさいなら、きっと先生は「いい子いい子どうでもいい子」って調子でレッスンも適当に流して、心にもない「よくできました」のハンコを押して、さっさと追っ払ってただろう。

でも僕のことは……先生も呆れてたようなスロースターターで、飲み込みもよくない僕のことを、先生は（尻《しり》を蹴《け》っ飛ばし、背中を突き飛ばすってやり方だったけど）日コンで賞が獲《と》れるまでに鍛《きた》え上げてくださった。

「二十四にもなってコンクールだとォ!?」

とプリプリしながらも、ちゃんと最後まで面倒見てくださった。

僕はそのことを、もっとすなおに受け取るべきだった。ちゃんと受け止めて、先生が僕にしてくださったことに、もっともっと感謝するべきだった。

ああ……ほんとに、気のつかない馬鹿者な弟子ですみません。ご恩は、これからのがんばりでお返しするほかはないと思うので、精いっぱい精進《しょうじん》しますので。いままでずっと腹の中では反抗しまくってばかりで、鬼ジジイだの何だのって言いたいだけ毒突いてた僕を、どうかお許しください。ああ、ほんとに……うれしいです。僕はいま、すごくうれしいです。なんて言うか、ほんとに……！


パンと飲み物だけの簡単な朝食を済ませたところで、先生がおっしゃった。

「うちは今日、シエナゆうとこにコンクールの審査しに行くんやけど、一緒に来はる？」

「はい、よろしければ」

と僕は答えた。

どういうコンクールなのかとか、傍聴することで何か得ることがあるのかなんてことを考える前に、とにかく先生からのお誘いだから、うなずいた。

「ほな、あと十分で出かけるさかいに、おトイレ・ハンカチ・ちり紙な」

うっ、子供扱い。

「あ、ええと電車ですか？」

「『イタリア新幹線』で行くんや」

だったら、たぶん持ち金じゃ足りない。

「その、駅に両替所はありますか？　まだリラはあまり用意してなくて」

だけじゃないぞ。

「それとあの、電車の切符を買うのは初めてなんで」

「トウノインくん連れて行きはる？」

「あ、いえっ」

返事と一緒に赤くなった。

「もたつくと思いますので、切符を買うのに少し時間がかかるかもしれないと、あらかじめお断わりしておきたかったわけでっ」

「ん、ん、だいじょぶ、だいじょぶ」

先生はニコニコとおっしゃった。

「電車は待ってくれへんけど、うちは待つのは平気やからね」

「あ、はい」

と笑み返して、言われた中身にハッと気がついて腕時計を覗《のぞ》いて、あわてて立ち上がった。

「ごちそうさまでした、支度してきますっ」

トイレ・ハンカチ・ちり紙はオッケーだけど、圭に電話しとかなきゃ！

ええとええとっ、エクセルシオールの番号！　でもって、部屋は一一二一だったよな、たしか。

電話がつながったら女性の声でペラペラッと言われて、ガッと体温が上がったけど、切っちゃうわけにはいかない。

「ボ、ボンジョルノ《おはようございます》？ ああと、ルームナンバー、ワンワンツーワン、シニョール桐ノ院プリーズ。……えと、Ｓｉ《はい》。グラッツィエ《ありがとう》」

交換嬢との会話は無事クリアできたみたいで、室内電話のコール音が呼び始めたと思うと、

《はい》

と圭の声が取って代わった。

「あ、昨夜からごめん」

おはようってのも変な気がしたんで、そう言った。

「ごめん、時間がないんで話は帰ってきてからするけど、ロスマッティ先生にはお許しをいただけたから。いまから先生のお供でシエナまで行ってくる。ええと、きみは今夜はどこにいる？」

《アパートのほうにはまだ電話がありませんので、こちらにいます》

「了解、帰ってきたら電話する。じゃねっ。あ、心配かけてごめんね」

《いえ。上首尾《じょうしゅび》ならばけっこうでした》

「うん、行ってくるね。愛してる」

誰《だれ》もいない部屋の中なんで、受話器の送話口にチュッとキスして、せめて音だけでも圭の耳に贈って、電話を切った。

「ユウキ！　出かけるよー！」

という廊下からの呼び声に、

「はーい！」

と叫んでバイオリンケースとポシェットを引っ摑《つか》んでドアを飛び出した。あっと、鍵《かぎ》、鍵。

玄関に飛んで行ったら、先生はもう靴も履《は》いていらして、お見送りの奥様に（遅いわよっ）と目で叱《しか》られた。はい、こういう場合は僕が先に用意を済ませて、靴ベラでも持ってお待ちしてなきゃいけないところです。

「先生、何かお持ちするお荷物は？」

「うちはこれだけやから」

差し上げて見せられたのは、薄くて小ぶりな革の書類カバンで、

「お持ちします」

と手を出したら、

「ええよって」

と可笑《おか》しそうな顔をされた。

門の外にタクシーが来ていて、先に乗れとしぐさされたんで従った。奥のほうが上席だって

いう知識はあったけど、先生の巨体ではシートを奥までずって行くのはたいへんなんだろうと思ったからだ。

先生が運転手に行き先を告げて、タクシーが走り出したところで、部屋を出てくるのが遅くなった言いわけをした。

「すみません、出かける前に電話をしなくちゃならなかったもんですから」

「トウノインくん？」

と先生は言い当て、

「尾《つ》けて来たはらへんやろね」

と、芝居《しばい》っ気たっぷりの心配顔で後ろを振り向くふりをされた。

どうやら先生は、圭をネタにして僕をからかうのが気に入ってしまったらしい。

「僕が頼りないもんですから、桐ノ院くんはすっかり心配性になってしまって」

そう頭をかいてみせた。

それにしても、圭はコンクールを目前にひかえてて、僕に振りまわされてる暇なんかないはずなのに。ちゃんと一人でもやれるってところを見せてやって、早く安心させてやらないといけないよなァ。

テルミニ駅に着いて、両替窓口を探そうとしたんだけど先生はどんどん行ってしまわれて、切符は先生が二人分お買いになった。

ええと、値段はどこに書いてあるんだ？　あー……あ、これか、七万四千五百リラね。メモしといて両替ができたらお返ししなきゃ。

黄色の刻印機で改札手続を済ませてホームに向かう先生が、やたら急いで歩いて行くので、まだ発車ベルも鳴ってないのにと思っていたら、こっちでは発車予告のベルは鳴らないんだった。先生のあとに付いて車内に乗り込んだとたん、踵《かかと》を嚙《か》まれそうな感じでドアが閉まって、あやうく飛び上がりそうになった。

「やれやれ、間におうたな」

先生がにこやかにおっしゃって、僕は、僕がもたもたしてたせいであやうく乗り遅れるところだったんだと青くなった。

「すみません、今後、時間厳守には注意しますので」

「イタリアの鉄道は一時間二時間遅れるのはザラなんやけど、今日は時間通りやったね」

巨体には通りにくそうな通路を腰を揺すって進みながら、先生はそんなふうに教えてくださった。

指定の席はコンパートメントで、三人掛けのシートが向かい合った、ゆったりした作りだった。

「せっかく持って来はったんやし、弾いかはったら」

とおっしゃられたんで、弾けってことかなと思ってケースを開けようとしたら、

「冗談やて」

と笑われた。

「いや、弾きたいんやったら弾かはってもかまへんけど」

「いえ」

と苦笑した。揺れる列車の中で、まともに弾けるわけがない。

ん？　そういえば何でバイオリンを持ってきたんだ？　部屋を飛び出す時に、とっさにつかんできちゃったんだよな。ハハ、習慣……っていうよりサガかな。

「ところで、先生」

「お〜う、『エミリオ』でええよ」

いや、それはちょっと。

「あー、エミリオ先生」

という呼び方でいかがかと真ん丸顔の表情をうかがった。ん、ＯＫみたいだ。

「レッスンのことなんですが、どういう形で受けさせていただけばよろしいでしょうか」

月何回とか何曜日とかいうお返事をうかがうつもりだった僕は、

「うちの時間が空いてる時やったら、かまへんよ」

というお答えに戸惑った。

あー……それって、きちっとレッスン時間とかは決めないで、暇々に見ていただくっていうか？

目で答えを読み取ろうとした僕に、先生が話し始められた。

「前にうちに来はった女の子は、そないやり方は困ります、て言わはった。いついつレッスンて決めてもらわんと練習するのにメドがつけられへん、曲もちゃんと決めてほしい、てねえ。うちは『そういう段階の弟子は、うちはよう見んよって、すまんけどほか当たってもらえんやろか』言うて断わらしてもろたよ」

なるほど……と僕は考えた。

エミリオ先生は演奏家としての活動をかかえておられるお忙しい方だ。僕がいままで受けてきたような手取り足取りのレッスンなんて、されている暇はないだろう。

思って、ハッとして、先生のお言葉を巻き戻し再生した。

（そういう段階の弟子は……）と、先生はおっしゃった。

その『そういう段階』っていうのは？

（いついつレッスンて決めてもらわんと、練習するのにメドがつけられへん）……ってことは、自分では練習のスケジュールが立てられない？

（曲もちゃんと決めてほしい）ってのは、自分がどの曲を勉強したらいいのか、自分では判断がつけられない、ってこと？

それって、つまり……課題を決められて、スケジュールを指定されて、先生に怒鳴り飛ばされるのがいやさに練習して、っていう受け身の勉強しかできない『程度の低い段階』の言い分で、先生は、そんなレベルの生徒の面倒はごらんにならない……って、おっしゃったわけか。

「おや、ユウキ、顔が赤いよ。どないしたの？」

言われて、僕はあらためて耳が熱くなるのを覚えながら顔を伏せた。

「お天気がええさかい日ざしが暑いんやろか？　ブラインド降ろそか？」

そんなことをおっしゃりながら腰を浮かそうとされたんで、いそいで、

「あ、いえっ」

と返事した。

「暑いんじゃありません、恥ずかしくて。つまりその、僕もそういったレベルの低いことで考えてましたので」

それからあわててつけくわえた。

「あのっ、心得違いは改めますのでっ」

そうだよ、僕は、日コンで入賞したってことで、まだ未熟ではあっても一応は一人前のバイオリニストとして、ここへやって来てるんだ。自分で考えて自分で勉強してく段階に入ってるんだって、ちゃんと自覚しとかなきゃいけなかった。

あーもー、ほんとにボヤボヤばっかりしてて。

でも、じゃあ、何をどう勉強するところから始める？

考えて、(課題はあるじゃないか)と思い出した。

「あの、まだお話ししていなかったですが、僕がいたフジミという市民楽団が、六月に定期演奏会を予定してまして。チャイコフスキーのコンチェルトをやるんで、僕にソロをやってくれってことで頼まれてるんです」

「六月! おう、もうすぐね」

「ええ、その、来てすぐまた帰国なんて、どうかと思いますけど、じつは姉の結婚式とスケジュールが重なるんで、そちらには出たいと思うので、お許しをいただかなくちゃと思ってたんですが」

「おう、六月の花嫁ね! それはオメデト」

「ありがとうございます。両親はもう亡くなって、三人の姉達と僕だけの姉弟ですので、祝いに駆《か》けつけてやろうと思いまして。僕がバイオリニストをめざすことに一番反対してた姉なんですが、勉強のほうが大事な時期だからわざわざ来なくていいって言ってくれたんですけど」

 つい、そんな家族内のことまで説明してしまった。

「ええと、それで、フジミは僕にとってすごく愛着も恩もあるオケで、みんな僕のソロに期待してくれてるんで、できるだけいい演奏をしたいと思ってて、ですのでとりあえずと言うか、チャイコンを勉強しようと思いますので」

ええと、どういう言い方をすればいいかな。う〜ん、「ご指導いただけますでしょうか」じや、最初から頼りきっちゃう感じかな。

「ええと、お時間をいただける時に聴いていただいて、講評とかいう形でご指導がいただけたらと思うんですが」

ううっ、ってのはちょっと生意気な言い方だったか？

「つ、つまりですね、あー、この前のフジミでのメンコンは、ってメンデルスゾーンのコンチェルトですけど、自力で詰めてステージに上げたんですけど、いま思うと、音もフレージングもなってなかったって言うか。

日コンの《雨の歌》は、福山先生にご指導いただいて、それまで気がついてなかった自分の欠点をいくつも気づかせていただいたんですが、つまりそれは、僕がまだまだバイオリンのことや音楽についてや曲の詰め方をわかってなかったというのを、教えていただいたというか、思い知らされたというか。

それで、こんどのチャイコンも、僕一人ではどこまで詰められるか自信がなくて。

もう十五年ばかりバイオリンはやって来てますけど、このあいだの《雨の歌》で、やっと、大学時代からやって来てたはずの『自分の音』をつかむっていう課題がどういう意味か、飲《の》み込めたような人間でして。

福山先生には、よく『おまえの耳には越後の田んぼの泥が詰まってるんだろう』なんて怒鳴られましたけど、ほんとに、自分の音を聴く耳さえできてなかったっていうか。

で、やっとそこまではわかったんですけど、それって要するに、バイオリニストとしてはどうにかスタート地点まで来られたっていうことに過ぎなくて、ですからこれからの勉強こそが、僕の可能性を磨《みが》くことなわけなんですが、僕はまだ、ぜんぜん未熟で。きっともちろん、まだまだ欠点も短所もたくさんあるんだと思いますけど、自分ではどこが出来てないのかも判断できない未熟さでして。早く自分の演奏が客観的に評価できるようにならなくちゃっては思ってますけど、まだ僕にはそれは無理みたいで」

ずいぶん長く一人でしゃべっちゃったぞと気がついて、不快に思われていないかと先生の表情をうかがった。

先生は熱心な顔で聞いてくださっていた。

「その、こんな程度の僕なんですが、ご指導いただけますでしょうか」

「うん、ええよ」

と先生はうなずいた。

「うち、重箱のすみつついてアラ探しするのは得意やし。自分で勉強する気になっとる人の尻《しり》押《お》しぐらいやったら、してあげられるさかい」

「ありがとうございます」

と頭を下げた。

「よろしくお願いします」

「せやけど、六月までいうたらまだシーズン中やさかい、あんまり時間取ってあげられへんやろなァ」

「先生の演奏をお聴きするだけで、たくさん得るところがあると思います」

「うちはチャイコフスキーやる予定はないけどな」

「勉強させていただきます」

……あとから思えば、僕はその時、そんなに深い意味じゃなくそう言った。それっていうのは、その時の僕は『聴いて学ぶ』ってことについて、まだまだ浅い認識しか持っていなかったからだ。

いや、持つべきだったものは、認識っていうより『覚悟』って言ったほうがいいかもしれない。

僕はまだどこかで、先生に『教わるんだ』と考えていた。福山先生とやってたようなレッスンとは、形もやり方も違うんだってことは飲み込んだけど、エミリオ先生からは『教わる』んじゃなくて『学ぶ』んだってことが……言ってみればそれは、聴いて盗んだ先生のテクニックを自分の身につけるってことで、気構えとしても実践としてもまったく違うことなんだってのが、ちっともわかっていなかった。

そして僕がそのことに気づいて、エミリオ先生の教えと僕の学びが噛《か》み合うようになるまで、じつはそのあとだいぶ時間がかかっちゃったんだけど。未熟だってのは、結局そういうことなんだよなァ……

さて、ユーロスター（先生のおっしゃるイタリア新幹線）での旅は二時間半でフィレンツェに着き、ここってシエナじゃないよなと思ってたら、高速バスへの乗り継ぎ駅なんだった。バスに乗り込んだのは、もう十一時過ぎで、シエナまでは一時間ちょっとかかるという。

「あのう、コンクールというのは何時からなんですか？」

と聞いてみた。

「四時からやさかい、充分間に合うよ」

というお返事だった。

四時から審査ってことは……

「今日中に帰り着けるんでしょうか？　その、着替えも何も持ってきていないんで」

「おう！　そやそや、ユウキの分のホテルを取らなあかんやった！」

エミリオ先生はオーバーアクションに手を打ち合わせて、網棚に載せてあったブリーフケースから携帯電話を取り出した。

「Ｃｉａｏ《チャオ》！」

から始まったイタリア語での電話は、僕にはさっぱりわからなかったけど、話の成り行きからして僕の泊まりの手配をされているのだろう。

電話が終わるのを待って、

「もうしわけありません」

とお詫《わ》びを言った。だって、シエナには急にお供することになったし、急なことになったのは、僕がローマ観光をしようなんて浮かれてたのをあわてて悔い改めたせいで。

「ん？　何がもうしわけないて？」

先生が窮屈《きゅうくつ》そうに立ち上がろうとされたので、僕は急いでブリーフケースを棚に戻す仕事を手代わりした。

「あ、つまり急にお供することにしたんで、いろいろご迷惑を」

「ああ、そないなこと気にせんでええよ」

先生は顔の前でバタバタと手を振ってみせた。

「うちのほうは、思てたよりフットワークが軽いし安心してたんや。走らはるのは苦手やけどね」

ウィンクされて苦笑した。

「ほんまにあちこちから仰山《ぎょうさん》呼んでくれはるさかいに、シーズン中はロムみたいな暮らしやしね。身軽について来てもらえへんのやったら、鞄持《かばんも》ちなんて頼まれへんもん」

「ロム……と言いますと？」

「ああ、知らはらへんやろか？　あちこち流れ歩いて、ああ、そや、日本ではジプシー言うんやね。ハンガリーのジプシーバイオリンの弾き手なんかやと、そらもうものすごいテクニックを持ったはる演奏家もいはるけど、泥棒やスリや物乞《ものご》いで生活しとる者も中にはおるさかい、まあ、近寄らんほうが無難やろなあ。慣れはるまでは」

あとで圭から教えてもらったところによると、エスキモーと呼ばれていた人達を、勝手に名づけた差別的な名称だということで、彼ら固有の自称『イヌイット』と呼ぶようになっているのとおなじく、『ロム』というのはいわゆるジプシーの人達が自分達を呼ぶ言い方で、ジプシーという蔑称《べっしょう》の意味がある差別的な呼び方に代わって使用されて来ているんだそうだ。

彼らの音楽については、その異国的な情緒がもてはやされた時代があって、ブラームスのハンガリー舞曲集は、ハンガリージプシーの舞曲『チャールダーシュ』を彼が編曲したもの（一部創作もある）。ほかにも、リストのハンガリー狂詩曲など「ハンガリー」と名のつく楽曲は、俗にいうジプシー音楽の影響を受けていると考えていいようだ。

ヨーロッパの音楽文化の中でもハンガリーの音楽というのは、トルコの支配下にあった時代が長かったせいか、東洋的な香りを持った、きわめて特異な存在として位置しているんだけど、その成立には、卓抜したテクニックでの即興演奏を得意とするジプシーの器楽奏者達に、多くを負っているといわれているのだから。

僕も大学の図書館でラカトシュのレコードを聴いたことがあるけど、《ひばり》なんかは本当にすごくって、バイオリンっていう楽器の可能性を完全に使いこなしてる感じで、（負けた）と思ったもんだった。

そうだよなァ、こっちで生を聴けるチャンスがあれば、ぜひ聴いときたいよなァ。ラカトシュの演奏会なんかは、有名なバイオリニスト達がファンとして聴きに行くってぐらいなんだから。

ちなみにロムは、インド地方出身の民族が戦乱に追われてヨーロッパに流れ込んだ裔《すえ》の人々だという説があるが、きちんと立証はされていなくて、俗説といったようなものらしい。顔だちや言語的な特徴から、そういう説が信じられて来たようだけど。

フィレンツェからシエナまでの車窓の眺めは、ゆるやかに起伏する低い丘が連なる明るくておだやかな田園風景で、一時間ちょっとのバスの旅も僕はぜんぜん飽きなかった。

緑の美しい牧草地に羊が放牧してあったり、濃い色の葉を茂らせた背の低いぶどう棚が一面に広がっていたり、そうした中にときどき赤煉瓦《れんが》造《づく》りの家々が寄り合った村や教会や、中世の城跡じゃないかってふうなものがあらわれる風景は、いかにもヨーロッパ的で、時間なんか忘れて見入ってた。

そしてシエナに着けば、そこは中世の街並みがそのまま残ってるみたいな、もうため息しか出ないって感じの『美しき異国』で。

バスが着いたサント・ドメニコ教会の横の広場の広さにびっくりしてたら、そこから歩きで五、六分だったカンポ広場の、ホタテ貝の貝殻みたいなゆるやかな傾斜《けいしゃ》を見せてる、日本じゃ考えられない広々とした広さにさらにびっくりし感心し、広場を取り囲む、中世から使い続けられて今に至る建物群のすばらしさに目を奪われた。

「ユウキ？　行くよ」

「あっ、はい。なんか、すばらしい町ですね。しばらく住んでみたいぐらいです」

「メディチ家のフィレンツェと張りおうた町やさかい、宮殿もりっぱですやろ？」

「あ、あれ、宮殿なんですか？」

「いまは市立美術館になってるんよ」

「はあ〜……町全体が美術館って感じですよね」

「ここの広場でやるパリオ競馬祭をしはるんやけど、仰山《ぎょうさん》な人出があるんやわ」

「え？　ここで競馬をやるんですか？」

「中世の服装をしたパレードが出はってね、パリオいうのは『町の旗』のことなんよ。あーそやそや、バトントワリングの旗の演技があるやろ？　あれやわ。町の紋章の入った華《はな》やかな旗を掲げた乗り手が、鞍《くら》もつけてへん裸馬《らば》を走らさはるんやわ。落馬して死んでしまうこともあるんやけど、地区対抗の競馬やから、そおら盛り上がるんよ」

「へえ〜……見てみたいなァ」

「八月十六日の祭のほうやったら、まだホテルも空いてるかもわからへんね。七月二日のほうはもういっぱいやと思うわ。世界中から見物に集まるさかい、半年ぐらい前から予約入れんと無理かもしらへんけど」

そんな話をしながら、先生はよく知った街らしく、石畳の路地や細い階段道をすいすいと歩いていかれて、やがて石造りのりっぱな建物に入られた……と思ったらレストランだった。

僕は建築のことはぜんぜんわからないんだけど、たぶんここも中世とかに造られたんだろうなァ。

先生は常連らしく、支配人って感じの黒服を着た年配の男がすっ飛んで来て、親しみのこもったうやうやしさで上席らしい奥まったテーブルに案内された。

「さて、トスカーナ地方ゆうたらワインと牛肉と豆が名産で、フィレンツェ風ステーキが有名やけど。ここはシエナやから、子山羊《こやぎ》のローストいうんはどうやろ？　あんまり時間あらへんさかいに、豆のスープとパスタと肉とデザートゆう段取りでええやろか？」

僕は、パスタとデザートは遠慮させていただきたいとお願いしたんだけど、聞き入れていただけなかった。とくにデザートの『パンフォルテ』は、中世からの伝統がある古都シエナ独特のケーキで、

「ここへ来はったかぎりは、絶対食べてみなあきまへん」

だそうで。

おかげで僕は、拷問《ごうもん》に遭ってる気分で胃の限界以上に食べ物を詰め込まされ（うまかったんだけど案《あん》の定《じょう》、量が……半端じゃなかったっ）、うっかり下を向いたらヤバいって状態でレストランをあとにした。

あ、おっとおっと、

「エミリオ先生、僕の分の食事代をお払いさせてください。ええと、切符代もまだお返ししてないですが」

会計は、給仕がテーブルに請求書を持って来て、先生は黙って読んでバンクカードを渡されてお払いになったので、いったいいくらだったのかわからないんだ。

「ああ、かまへんよ」

先生はおっしゃった。

「アゴ足持ち、て言うんやね、日本語では？　ホテル代も、うちと一緒にいる時は気にしはらんといて」

「え、でも」

「いつも、そないしてるんやさかい」

「……ありがとうございます。ごちそうさまでした」

「あの店、おいしかったやろ？」

「はい、味はすごく。ほんとにおいしかったです。ただその、僕にはボリュームがあり過ぎて

「……ズボンがきついです」

「はーっはーっはーっ」

エミリオ先生は、僕の腹のふくらんだ胃のあたりを手の甲でポンポンと触り、

「たんと食べて、せめてうちの半分ぐらいは太ってもらわな」

なんて恐ろしいことをおっしゃった。

ああ、今後はポシェットに胃の薬を常備だな。食べ過ぎってほんとに苦しい。


レストランを出たのは三時過ぎで、先生はまた歩いて十五分ほどの道のりをこなし、さっきのレストランとは様式が違う建物の大きな扉を押して入っていかれた。

ドアの中は、エミリオ先生のご自宅みたいな中庭を囲んだ造りになっていて、ドアと中庭を結ぶ天井の高い通路には、身長が四メートルほどもありそうな彫像が立っていた。ギリシャ神話の神様みたいな感じだけど……竪琴《たてごと》を持ってる男性だからアポロンとか？

「私立の音楽学校なんよ。卒業試験が終わった生徒達のコンクールをやってはって、優秀な子には音楽大学に行くための奨学金を出さはるんやわ」

「あ、じゃあ受けるのは、日本でいうと高校生ですか？」

「うん、そやね」

ってことは、かなり弾くなと僕は思った。ようするに音高の卒業をひかえた三年生ってわけ

で、しかもエミリオ先生が審査の、奨学金つきのコンクールだ。学生音楽コンクールの地方予選のレベル……いや、ここは弦楽の本場イタリアだから、その上のブロック予選クラスの演奏が聴けるんじゃないだろうか。楽しみなような、ちょっと怖いような……

勝手知ったる足取りで中庭を横切っていかれる先生について行き、二段ステップを上がって、正面玄関って感じのりっぱなドアを入ろうとした。

ドアの向こう側にバタバタバタッと足音が近づいて来て、とっさの直感で、

「あぶないですっ」

と叫んで先生をかばおうとした時には、ドアをひらいて（外にひらくドアだったら、僕は確実に鼻をつぶされてた！）飛び出して来た褐色のものが、横向きでいた僕にぶつかって突き飛ばして！

「わっ」

と叫んだ時には、僕はステップを踏みはずして石畳の地べたに倒れ込んだ。

（バイオリン！）

と思った時には、僕の腕は本能的にケースを振り上げるように持ち上げていたので、なんとかバイオリンを地面にぶつけないで済んだ。

それはほんの一瞬の出来事で、バイオリンが無事だったのにホッとする暇もなく、倒れた僕の横を数人の足が駆け抜けて行き、

「Ｌａｄｒｏ《ラドロ》！　Ｌａｄｒｏ！」

と口々に叫びながら飛びかかって行った相手は、僕を突き飛ばした先頭走者のようだ。

僕が一瞬目にした褐色の弾丸は、オレンジ色に近い褐色のトレーナーを着た褐色の肌の少年で、彼を取り囲んで「ラドロ《泥棒》！　ラドロ！」とわめきながら殴る蹴《け》るの暴行をくわえているのも、似たような年頃の少年達だ。

あたりには彼らと僕達しかいなくて、少年達はすっかり図に乗った調子で、たった一人の相手を小突きまわしている。

僕は憤然と立ち上がると、

「これ、お願いします」

とエミリオ先生にバイオリンケースをお預けし、

「やめなさい！」

と怒鳴りつけながら、袋だたき中の集団の中に割り込んだ。

われながらよくそんな勇気があったものだと思うけど、やられている少年はひょろっと痩《や》せぎすで、取り囲んでいる少年達のほうが体格がよかったし、それ以前に、囲んでいる少年達はあきらかに白人で、囲まれているほうはそうではなく、人種差別によるイジメの現場だと判断できたからだ。

「やめろ！　一人に大勢で卑怯《ひきょう》だぞ！　やめなさい！」

日本語で言ったって通じないのはわかってたけど、とにかくそんなふうに怒鳴りながら少年達のあいだに割って入り、頭を抱えてうずくまった格好で蹴られている少年のところまでたどり着くと、とりあえず彼の頭を胸に抱き込んだ。

誰《だれ》かが僕の背中を殴ったんで、

「痛い！」

と叫んだ。

「やめろ！　喧嘩《けんか》は終わりだ！」

まわりの少年達は口々に何か怒鳴って来たけど、言ってることはわからないのでけっこう平気だった。

「大勢で一人にかかるなんて卑怯なんだよ！　やめなさい、こら！　もう終わりだ！　ストップ！」

こんな時、圭がいてくれたら怒号一発で騒ぎを収めてくれるのにと思いながら、僕は少年をかばい続け、尻《しり》だの足だのを蹴られたけどひるまなかった。

高校生とは教師と生徒としてつき合ったことがあるし、生活指導の先生の応援要請で、生徒同士の喧嘩を引き分ける手伝いをしたこともあったし。そんな経験が、その時の僕の積極的な行動の裏付けになってたんだろう。

何を騒いでるんだ！　って感じの大人の男の怒鳴り声が聞こえて、少年達がギョッとしたふうに動きを止め、僕は必死で抱きしめてた腕をゆるめて頭を上げた。

「ユウキ！　どうもない⁉　怪我《けが》してはらへん⁉」

エミリオ先生のお声がして、巨体が人垣をかき分けてやって来た。

「すみません、ご心配を」

と笑顔を作った。

「僕はなんともありません」

「お〜っ、びっくりさせはって、も〜！」

先生はしきりと胸のあたりをなで下ろして見せ、本当にたまげさせてしまったらしかったので、

「すみません、教師をやってたころの習性で体が動いてしまって」

とあやまった。

「ええと、きみ、だいじょうぶ？　えーと、コメ　スタイ？」

この場合How are youの意味のCome staiって言葉じゃ変だろうとは思ったけど、ほかに思いつかなかったんで、そう言った。

「スト　ベーネ《だいじょうぶです》」

と言った声は、声色《こわいろ》はやわらかいけど声変わりは済んでる低音で、

「グラツィエ《ありがとう》」

と僕を見上げて来た顔も、想像してたよりずっと大人っぽく、思わずハッとなったほどの美貌《びぼう》だった。まだ青年と呼ぶには若そうな顔は、なめらかな卵形の輪郭に囲まれた造作の彫りが深くて、きりっと切れ込んだ二重瞼《ふたえまぶた》の瞳《ひとみ》は神秘的な闇《やみ》の色。髪も眉《まゆ》も黒い彼の顔だちは、東洋的でいて黄色人種的ではないインド美人のような端正さだった。

「きみはロム？」

と聞いていた。

彼は何の意味か、目をキラッとさせて、

「Si」

と唇のあいだから息を洩《も》らした音のような小さな返事をよこし、うずくまっていた体を伸ばして立ち上がった。

（おやおや、僕とトントンぐらいの身長じゃないか）と思った僕の右手を、すっと握って持ちあげると、「グラツィエ　ミッレ《ありがとうございます》」と言いながら腰をかがめて、僕の指先にチュッとキスした。とても優雅で自然な動作だったので、僕はびっくりもしそこなって、そんな彼の感謝のしぐさを自然に受け取ってしまった。

それが、のちに情熱の吟遊《ぎんゆう》バイオリニストと呼ばれることになるミスカ・キラルシュとの出会いだった。

事の顚末《てんまつ》は、少年達が教師らしい大人達にひとまとめに追い立てられて行ったあと、エミリオ先生と一緒に案内された校長室らしい部屋で、校長らしいおばあさんから聞いた。

シニョーラ・アンナなんとかさんは、白髪が美しい品のいいおばあさんで、でも眼光は炯々《けいけい》という感じ。話しぶりにも芯《しん》が強そうなエネルギッシュさがあった。

エミリオ先生が通訳してくださったアンナ校長の話によると、やられていた少年（ミスカなんとかっていう彼の名前は、その時に知った……名字のほうは、アンナ校長の時とおなじく、耳慣れないイタリア語の発音が聞き取れなかったんだ）はトラブルメーカーで、いままでにも同級生や先輩と喧嘩をしたり（僕は「絡まれたり」じゃないかと思ったけど）といった騒ぎを引き起こしていたそうだ。

そして今日の事件は、経緯はまだはっきりしないが、彼を追いかけていた少年達（ミスカの一級下の生徒だったらしい）の言い分によると、誰《だれ》だかのバイオリンを、ミスカが無断借用しようとしたのだという。

なるほど、それが本当なら、彼らが「泥棒」と叫んでいたのにも理由はあったわけだけど……

アンナ校長がこめかみのあたりを指でもみながら言ったセリフは、たぶん「困った子です」というような意味だったんだろう。

でも（僕は信じないな）と思った。彼の目は澄《す》んでて綺麗《きれい》だった。きっと何か話の行き違いがあったとかってことに違いない。

　ともかく審査を始める時間になったということで、校長室を出たら、廊下にミスカ少年が立っていた。

　彼は僕を見ると会釈《えしやく》を送ってよこしたが、用があったのはアンナ校長にらしく、恐ろしく早口に何か言い立て始めた。

「ノ、ノ」

　と取り合わない顔で歩き出したアンナ校長に追いすがって、ペラペラとまくしたてるようすは、必死で何か頼んでいる感じだ。

「エミリオ先生、彼は何を言ってるんですか？」

　とたずねてみた。

「バイオリンを隠されてしもて、コンクールに出られへんから、かわりのバイオリンを借りようとしただけや、て言うとるね」

「バイオリンを隠された？」

　うん、それは納得が行く。彼はロマだってことで嫌がらせを受けているんだ。

「友達に頼んでも誰も貸してくれへんから、学校のバイオリンを借りられへんやろかて頼んでる」

「あ、そういうものがあるんですか」

そんな会話を交わしていたあいだに、アンナ校長の先導について来ていた僕達は大きなドアの前に着き、待っていた男の人が扉を開けた。

中は、木のベンチがずらっと並んだ教会の礼拝堂みたいな部屋で、高い天井は古びた色彩《しきさい》のフレスコ画で飾られている。講堂っていうかコンサートホールっていうか、そんなような場所らしかった。

木のベンチには、ぎっしりではないが生徒達だろう少年や少女達が着席していて、石造りのホールの中は、わんわん響く盛んなおしゃべりの声や笑い声でいっぱいだったが、ドアを入って来たアンナ校長やエミリオ先生を見ると、少しずつ静かになっていった。

校長とエミリオ先生は、審査員席らしい真ん中のほうのベンチに案内されて行き、僕は一緒について行くのはずうずうしいだろうと思ったんで、すみのほうのめだたなそうな空き席に座らせてもらった。

ミスカくんのことは気になったけど、学校のバイオリンがあるんなら、それを借りてコンクールには参加できるだろう。ただし、手に怪我《けが》でもしてなきゃだけど。そんなようすはなかったもんな。

先生が手をヒラヒラさせて僕を呼んでいらっしゃるのに気がついて、腰を浮かせた。ジェスチャーでの指示によると、先生方の後ろの空いてるベンチに来いということらしい。

（わかりました）とうなずいてみせて、審査が始まってしまう前にさっさと移動しようと立ち上がった。

「シニョールッ」

という小声と一緒に袖《そで》を引っぱられて振り向いた。

ミスカくんだった。

「やあ、なに？」

と笑ってみせたけど、返事を言われたってイタリア語はわからない。でも、小声ながらなんだか必死な顔で言ってるんで、ともかく廊下に出てから、意思の疎通《そつう》を試みてみることにした。

僕達のやり取りに気づいた生徒達が注目してき始めていて、審査開始のじゃまになりそうだったからだ。

手から離さない習慣のバイオリンケースを手にドアを出て、「さて」とミスカくんと向き合った。

「ええと、アー　ユー　スピーク　イングリッシュ？」

あ、違うよ、キャンユーだ。でもどっちにしろミスカくんは英語はわからないらしい。

困った……と思ってたら、ミスカくんが手ぶりでのコミュニケーションを試みてきた。

「え？　バイオリン……きみに？　ああ、貸してくれってこと？　もしかして学校のは借りられなかったのかい？」

どうやらそうらしい。そしてミスカくんは天を仰《あお》いで髪をかきむしったり、早口の訴えと一緒にじだんだを踏んだりして、とにかくコンクールに出たいのだということをアピールした。

そして僕は……仲間のはずの生徒達からだけではなく、学校当局からさえも虐《しいた》げられているらしい、このロムの貴公子に、すっかりほだされてたんだ。それプラス、彼にそういう恥知らずな仕打ちをする人々への、大いなる憤慨《ふんがい》もあった。

そこで、

「いいよ」

と、命と圭の次に大事な借り物のグァルネリの入ったケースを差し出してやったんだ。

彼はパッと輝くような笑顔になり、僕はその瞬間に、大切な借り物である愛器を他人に（それも出会ったばかりで、フルネームさえ知っていない相手に！）貸してやるなんていう、ちゃんと考えればとんでもない決断をやらかしたことを、どん底まで後悔した。

けれども、僕はもう彼に貸してやるという意志を伝えてしまっていて、いまさら撤回したりしたら、彼はどんなに傷つくか。

彼はたぶん、自分がロムだから、僕からもそうした仕打ちを受けるんだと思うだろう。

……実際、僕はいまの一瞬に、圭が「スペイン広場でジプシーらしい少女達に財布を掏《す》られた」って言ってたのを思い出してた。ロムの人達のみんながみんな泥棒や掏《ス》り《リ》だなんてわけは絶対なく、ラカトシュみたいな世界的に認められてる芸術家も出してる人達だって、頭ではわかってるのに、僕の心は、圭の話を思い出して、ひるんで。なんて情けない！

でも、それは別にして考えても、自分の楽器を人に貸すっていうのは、やっぱり重大なことで。（男に二言《にごん》があっちゃいけないんだから）と自分に言い聞かせて、むりやり覚悟を決めた。ただし万が一にも乱暴に扱ったりされないように、このバイオリンの値打ちを教えとかなくちゃ。音高生には言わずもがなの注意だとは思うけど、もしもってこともあるし、念のためだ。彼にケースを持たせておいて、ふたを開けた。中のバイオリンを指さしながら、できるだけイタリア語として発音しようとしながら言った。

「ごれはグァルネリ。わかる？　グァルネリだ。だから大事に扱ってくれよ、大事に」

　って、ええと、イタリア語では……

「ミオ　カロ　ヴィオリーノ《僕の大事なバイオリン》。わかる？」

「Ｓｉ。オ　カピート」

（はい、わかりました）という返事を、彼は僕の目に目を合わせてはっきりと言ってくれたんで、だいぶ気分が楽になった。

　それで、気がついた注意をつけくわえてあげた。

「このヴィオリーノはネックが太めなんだけど、ああ、きみの手の大きさだったら問題ないかな。それと、日本から持ってきたばかりだから、こっちの楽器と比べたら湿ってるかもしれないから。あー、ウミド、このヴィオリーノ、ウミド、ええと『少し』ってのは……ウン　ポ。ウミド　ウン　ポ。Ｓｉ？」

湿度の高い日本の気候は弦楽器にはきびしくて、来日した演奏家が楽器が湿気《しけ》てしまうのに苦しんだっていうのはよく聞く話だ。逆に、乾燥した風土のヨーロッパに持ってきたら楽器の鳴りがよくなって驚いたって話も聞いてる。でもこのバイオリンは、まだイタリアに来てから三日目で、しかもケースから出したのは昨夜の何時間かだけだから、日本にあった時と状態は変わってないはずだ。

……ということを言おうとした僕の説明に、ミスカくんは「Ｓｉ」とうなずいた。あんまりわかってる顔じゃないけど。

でもとにかく、僕の語学力じゃこれ以上はむりだ。

僕はケースのふたを閉じて彼に渡し、

「じゃ、がんばれ」

と肩をたたいてやって、本心は不安で不安で不安ながらもホールに戻ろうとした。

「シニョール！」

とミスカくんが呼び止めてきた。振り返った僕に、渡してやったバイオリンケースを返してよこして、そそくさとホールの中へ入っていってしまった。

「え？　なんだよ、いらないってこと？」

といぶかしみつつも、じつは心底ホッとしたりなんかしてて。もしかしてためらいを見抜かれたかなと思うのは、たまらなく恥ずかしかったんで、

「多少は湿ってたってグァルネリだぜ？」

なんてつぶやきで内心の声をごまかして。

「ま、いらないって言うなら、こっちはべつにかまわないけどさ」

と結んでみたけど。

だったら最初から、見ず知らずもいいとこの僕に「楽器を貸せ」なんて持ちかけてくるなよな！　こっちは清水《きよみず》の舞台から飛び降りる調子のドキドキを踏みつぶして、ハラハラをこらえてOKしてやったってのに！

とにかく僕もホールに戻って、まだ審査は始まっていなかったのを幸いに、さっきエミリオ先生に呼んでいただいた席にすべり込んだ。

先生が振り向いて、

「どこ行ってはったん？」

と聞いてこられたんで、説明しようと口をひらいたところで、ステージに女の人が出て来るのが見えたんで、話はやめにした。

ベンチ席と向かい合って一段高くなっている壇上《だんじょう》に進み出てきたのは、四十過ぎぐらいのぎすぎすと痩《や》せた女性で、生徒達に私語をやめさせ、たぶん開会のあいさつだろうことをしゃべった。

う〜ん、さすが石造建築は音響効果がいいなァ。かなりな広さがあるのに、マイクを使わなくてもらくらく声が届いて来る。バイオリンの音はどうだろう。楽しみだ。

ステージにはグランドピアノが用意されていて、女の人と入れ替わりにはげ頭で血色のいいおじさんが出てきて、ピアノの前に腰を下ろした。伴奏ピアニストってわけだ。

最初に出てきたのは、ピンクのフリルのワンピースがよく似合ってるお人形みたいな美少女で、僕は大いに期待した。

去年の日コンで優勝した金沢友子《かなざわともこ》さんは十七歳だったし、かわいい女の子が上手《うま》いっていうのは、生意気そうな男が巧《うま》いのよりは気持ち的にマシだから。

ピアノが前奏を鳴らし終え、彼女が弾き始めた。

僕は耳を疑った。

な……なんだ？　このへたくそさは。

服も雰囲気もすでにリサイタル・バイオリニストって感じの彼女は、県大会の一次予選も通らないだろうって下手《へた》さだったんだ。

僕は（ドレス選びよりも練習に時間をかけるべきだったね）と苦笑しながら、後ろのベンチ席からの熱心な拍手につき合った。

そして二人目。生意気にもタキシードを着込んであらわれた彼も、演奏はまるっきりお粗末で、日本の音楽高校だったら入試も通らなかっただろう。

どうやら成績の下から順に演奏させてるなと思いながら、七人目まで聴いて、アンナ校長にはもうしわけないけど、レベルの低さに呆《あき》れてしまった。

仮にもここは音楽学校で、卒業試験を通った生徒達なんですよね？　それがコレっていうのは、ちょっとひどすぎませんか？

いままでのところ誰《だれ》一人として、大学に行けそうなレベルじゃない。はっきり言って、始めて二、三年って感じじゃないか？

僕が座ってるのはエミリオ先生のななめ後ろの場所なんで、やろうと思えば、先生が手元に置いておられるチェック用紙を覗《のぞ》き込める。で、箸《はし》にも棒にもかからない演奏ばかりで飽きてきていた僕は、こっそり覗き込んでみたんだ。

演奏順に受験者の名前が印刷してある横に赤のボールペンで書き込んであるのが、先生の評価に違いなく、『C』と読める採点が並んでいるのは当然だったが、その中に、どう見ても『A』としか思えない文字が一個あって、首をひねった。

五番目か六番目の子らしいけど……A評価がつくような演奏だったたか？

八番目の演奏が終わって、先生は名前の横に『B』と書き込み、僕もいちおう納得した。たしかにちょっとはマシだったたからだ。

九番目が登場した。曲はバッハのソナタで、八番と比べて歌いたい思いは前に出て来ている感じだったが、テクニックが伴《ともな》わなくて思いは空回りしていた。

僕は、これは『C』だろうと思いながら、それとなく先生の手元を注目していた。

エミリオ先生は笑ってる小声で「マーレ《下手》、マーレ《下手》」とつぶやきながら、大きく『A』と書き込んだ。

ええっ!?　どこが!

あれがどうしてそういう評価になるのか、あとでぜひうかがってみようと思いながら、十番目が登場したらしい気配に目をステージに戻した。

ミスカくんだった。でも、ほかの受験者達と同じようにステージの横手から登壇《とうだん》した彼は、バイオリンは持っていなくて（服装は彼もちゃんと正装してたけど）、すたすたと伴奏ピアニストに歩み寄って耳打ちふうに何か言うと、そのままステージを降りた。

そして、こっちにやって来て、

「シニョール」

と僕に向かって手を差し出したんだ。

「え?　あ、バイオリン?　やっぱり使う?　じゃ、ちょっと待って」

いままでの子達の腕前からして、自分で調弦《ちょうげん》をやらせたら、とんでもなく時間を食うに違いない。

とっさにそう思ったんで、僕はバイオリンをケースから出して弓をちょうどよく張り締め、松脂《まつやに》を塗ると、手早く調弦をやってからミスカくんに渡してあげた。

「グラツィエ　ミッレ《ありがとうございます》、ジェンティーレ　シニョール《親切な方》」

ミスカくんは歌うように言って、すたすたとステージに戻っていき、ピアニストに会釈《えしやく》をして借り物のバイオリンをかまえた。

（あ、やるな）

と僕は思った。バイオリンを肩に乗せた立ち姿の決まり方が、前の九人とはぜんぜん違う。そして案の定、リストを弾いた彼の演奏は格段に巧かった。ただ巧いだけじゃなく、ちゃんと歌心を持ってて、それをこちらに向けて発信することも知っていて……え？　ちょっと、え？　いまの音……そのグァルネリでそんな音が出る!?　あっ、また……うっそだろ〜!?　そんなの、そんなのっ、僕には出せたことないぞ〜！

前にも一度、こういう経験をしたことがある。福山先生が僕の楽器をお弾きになったら、僕が弾くのとはぜんぜん違うすばらしくいい音が出て、つまり僕は自分の愛器が持ってる可能性を何十パーセントかしか引き出せていなかったんだってわかって、愕然《がくぜん》とした。

それが、いままた目の前で起こっている。それも、高校生の彼のほうが、僕よりもグァルネリの本来の力を使いこなしてるっていう、ショッキングな事実として。

なんとも言いようのないくやしさでいっぱいになりながら、僕は、彼の演奏に超辛口な批評耳を向け、フレージングが勉強不足な部分や、僕だったらやらないような歌い過ぎのくどさといった欠点を見つけ出したけど。音色自体のぐっと心をつかんで来るみたいな心地よい魅力と、多彩《たさい》かつ自在なその発揮のしかたには、歯嚙《はが》みさせられるしかなかった。

ああ……これだったら、日コンでだって上位入賞が狙《ねら》えるだろう。

くっそォ、これだけの腕を持ってて、愛器を隠されたりなんてドジなんかするなよ！　僕の楽器で僕以上に弾かれちゃったら、僕の立場がないだろ⁉

でも、腹の中でのそんな叫びは、限りなく落ち込もうとしてる自分を、必死で自分から隠そうとしての足掻《あが》きだってことは、わかっていて。

僕は、(彼は天才なんだ)とあきらめることで、どうにか気持ちのバランスを保持しようとした。

彼は天才なんだ。だから、僕より七つ八つも年下の彼に、僕とはレベルが違うふうにグァルネリを弾かれちゃってもしょうがないのさ。そう、しょうがないんだ……しょうがないんだ……しょうがないって思え！

彼は、圭や生島《いくしま》さんやソラくんのように、おまえとは持って生まれたものが違う天才なんだ。くやしいなんて思うな。こういう奴《やつ》もいるんだって認めて、負けを認めて、か弱いプライドがむだに傷つくのを防げ。

いいじゃないか、彼ならいいじゃないか。これがあのイジメをやってた中の一人だったりするなら我慢ならないけど、ミスカくんなんだから。おまえがかばってやった彼が、こんな才能の持ち主だったたってのは、喜べることだろ？

喜んでやれよ。切羽詰《せっぱつ》まった顔でおまえにバイオリンを貸してくれって言いに来た彼が……

おまえが大事な愛器を貸してやった相手が、じつはミューズの寵児《ちょうじ》だったってのは、いやなことじゃないだろう？　もしかするとおまえは、天才ミスカのデビューへの羽ばたきに手を貸してやったのかもしれないって思えばさ、それなりにいい気分になれるじゃないか。……うん、オッケー。納得完了。

ただし、ミスカくん、僕の前で《チゴイネル》は弾くなよ。あの冒頭を、僕がまだやれてない理想の音でスラスラ～なんて弾いてみせたりしたら、僕は一生きみを恨《うら》むからな！

やがて演奏は終わり、僕はまだ完全には消せていない僭越《せんえつ》なくやしさにとどめを刺すために、先生の手が評価を文字にして書き込むのを待った。

ところが……先生が書かれたのは『B』！　なんで『B』!?　特Aじゃなくて!?

その時、僕がまず思ったのは、エミリオ先生の頭の中にもロマへの偏見があるんだという失望感で、それから、先生がつけた偏見的な評価に正真正銘《しょうしんしょうめい》の憤慨《ふんがい》を覚えられた自分への誇らしさだった。

あんなに巧かったのに、出身がロムだっていうだけで差別して、彼が当然得るべき正当な評価をお与えにならない。見損ないましたよ、エミリオ先生！

憤懣《ふんまん》やるかたない気分を（僕は差別意識なんか持たないで彼を評価できた）という優越感と結託《けったく》させて、（フンッ）と睨《にら》みつけた先生の幅広な背中が、ヨッコラセという感じに立ち上がり、

「審査結果を相談してきまっさ」

と言い置いて、アンナ校長ほかの審査員の面々と一緒に廊下に出ていった。

と呼びかけて来た声に振り向いて、ミスカくんだったんで、急いで眉間《みけん》のしわを消した。

「シニョール？」

「グラツィエ　ミッレ」

バイオリンと弓を返してよこしながら、満面の笑顔でミスカくんが言った。

「グラツィエ、ラ　リングラツィオ　ペル　ラ　スーア　ジェンティレッツァ」

ありがとう、ご親切に感謝しますという、初歩の会話集にあった例文どおりだったので僕にもわかった、ミスカくんの心底うれしそうなお礼の言葉に、僕は、

「あんまり役には立ってあげられなかったみたいだけどね」

と苦笑した。

「きみの演奏はすばらしかったよ、くやしいぐらいブラヴォーだった。でも、結果は期待できないみたいだ」

バイオリンをケースに納めながら、ため息まじりに言ってやった僕に、ミスカくんは美貌《びぼう》の眉《まゆ》をしかめると、

「スクーズィ」

と断わって、僕の隣に腰を下ろして来た。そして、心配してる感じの顔で何か話しかけて来

たけど、僕にはネイティブスピードのイタリア語を聞き取れるヒアリング能力はないし、聞きたがってるらしい審査結果の予想を話してあげられるスピーキング力もない。

ともかく、

「トゥオのリスト《きみ》はブラヴォーだったから」

と身ぶりを入れて言ってあげて、

「腐《くさ》らないでがんばれよ」

というのは、笑顔を作って肩をたたいてやることで通じさせようとした。

そこへ、すぐ近くで誰《だれ》かが何か叫んだんで、何事かと振り向いた。

先生が「マーレ」とつぶやきながらAをつけてた彼を含めて、ステージで演奏した男子生徒達が五人。僕達がいるベンチの横の通路に固まって、馬鹿にしてるふうな顔つきでこっちを見ながら何か言ってるのは、どうやらミスカくんへのいちゃもんらしい。

いや、僕も何か言われてるのか？　どうも差別的な言葉を浴びせられてる感じだ。

と、すっくとミスカくんが立ち上がった。

「だめだよ！」

と彼の上着の裾《すそ》をつかんだ。喧嘩《けんか》を買う気で立ち上がったのはあきらかだったからだ。

「喧嘩はだめだ！　バイオリニストの手は、楽器とおなじに大事にしなきゃいけないんだから！」

しかもきみは天才と来てる。

「えっと、えっと、トゥオ《きみの》 マノ《手》、カロ《大事な》！ だからノ《だめ》！」

引き止めは通じて、ミスカくんはこぶしのかわりに口で闘い始めた。五人は待ってましたと受けて立ち、猛烈な口喧嘩が始まった。

機関銃のようにしゃべるっていう表現があるけど、きっとイタリア人の舌戦《ぜっせん》ぶりを言おうとして生まれた言い方に違いない。

大声で怒鳴り合う、一人対五人の悪口雑言《あっこうぞうごん》（だろう、もちろん）の応酬《おうしゅう》は、口から生まれたそうなイタリアっ子同士のやり取りらしく、よどみも引っかかりも詰まりもなくて、僕は彼らのよく動く舌と口に、ただただ感心するばかり。

「シィレンツィオ《静かに》！ ファテ シィレンツィオ《静かにしなさい》！」

そう割って入った女性のかん高い叫びも、ヒステリックな金切り声ではなく、トーンは高いが力強い叱責《しっせき》で、舌戦に夢中になっていた少年達に口を閉じさせるだけの迫力があった。

女性は審査開始のあいさつをやった人で、「ミスカ・キラルシュ！ ロメオ・バルディ！ レオナルド・ロレンツォ！」といったぐあいに少年達を一人ずつフルネームで呼びながら睨みつけていき、名前を呼ばれた少年は空気を抜かれた風船みたいにたちまちしゅんとなった。

女性は針金みたいに痩《や》せていて、背も発育のいい生徒よりはだいぶ小柄だったが、てきぱきと少年達を追い立ててそれぞれの席に着かせ、それから僕のところに戻ってきて何か話しかけてきた。

しかし、

「レキエード スクーザ、《もうしわけありません、》ノン カピースコ チョ ケ ディーチェ、《おっしゃっていることがわかりません、》シニョーラ《奥様》」

である。

彼女は（困った）というふうに肩をすくめて、こんどはゆっくりのしゃべり方で話しかけてきた。シニョーレという言葉とロスマッティという単語が聞き取れて、こっちに何かを尋ねている感じだったので、

「ミキアーモ ユウキ・モリムラ《私の名前は守村悠季です》」

と名乗り、日本人でエミリオ先生の弟子だというのを単語を並べて言ってみた。

彼女は「Si」とうなずいて、僕のバイオリンケースを指さし、僕を指さして首を曲げてみせたので、

「ミオ ヴィオリーノ《私のバイオリン》」

と答えた。

「オ カピート《わかりました》」

とうなずいて、彼女は胸をなで下ろすしぐさをしながら笑ってみせた。

ああ、そうか、ミスカくんに貸したのがエミリオ先生の愛器だったんじゃないかって心配してた？　まさか、それはないでしょう、どう考えたって。

「ミオ　ヴィオリーノ」

と僕はくり返してあげて、彼女も「シィ、シィ」とうなずきをくり返した。

そうこうしているうちに審査員達が席に戻ってきて、最後にエミリオ先生が入って来られた。先生は席には来られずに、まっすぐステージに向かわれると、登壇して生徒達と正対して立った。審査結果を発表されるらしい。

両手をヒラヒラ振りまわしながら二、三分スピーチすると、エミリオ先生は上着のポケットからメモ用紙を取り出し、読み上げた。

「ロメオ・バルディ」

ホールの向こう端のほうで、名前を呼ばれた少年のらしい歓声と、それへの拍手が沸《わ》き起こった。

ミスカに喧嘩を売った連中の一人じゃないか。「マレ」だったのにAをもらった奴《やつ》。

「マリア・ゲディーニ」

こっちは真ん中あたりの順番でやった女の子で、これまたエミリオ先生が『A』をつけた生徒に違いない。

名前を呼ばれたのはその二人だけで、ステージに招き上げられて賞状をもらい、得意満面で席に戻っていった。

僕はそれとなく首をめぐらせてミスカを探してみたけど、どこに座っているのか、ついに見つけられなかった。

かわいそうになァ……こんなことで世の中がいやになっちゃったりするなよ？　でも僕だったら……きっと立ち上がれないな。あんなにはっきり差を見せつけたのに、相手にされなかったただなんてさ。くやしいってより、いやになっちゃうよなァ。この先もバイオリンをやってくのがさ。

ステージのほうは、それ以上のセレモニーは何もなく、エミリオ先生はアンナ校長や審査員を務めた人達と抱き合ったり握手をしたりのあいさつを済ませると、僕に（行くよ）と合図を送って来られた。

僕はもう一度あたりを見まわしてみたけれど、ぞろぞろとホールを出ていく生徒達の中にミスカの姿は探し出せず、言うべき言葉を言い損なってしまったような気分で、先生のあとに従った。

ホールの出口のところに、僕と話をした女性教師が待っていた。手にハンドバッグを持っているところを見ると、いまからどこか外で先生の接待があって、彼女は案内役ってことだろう。

僕は、先にホテルへ行っているなりしたほうがいいだろうと思って、その旨《むね》をご相談しようとしたんだけど、エミリオ先生は彼女と話し始めてしまっていて、割り込むわけにはいかない。

玄関に出たところでだった。

「マエストロ　ロスマッティ！」

と呼びかけて、ミスカがあらわれた。

僕はてっきり審査への不満を言い立てたくて待ってたんだろうと思った。ところが、ミスカはにこにこと先生に話しかけて握手を求め、先生も機嫌よく握手をしてやって、どちらも相手への悪感情なんかこれっぽっちもないふうな感じだ。

(ようするにお世辞とお世辞のやり取りか)と不愉快な気分で、横目で眺めてた。

ミスカが熱心な調子で何か言い、先生が僕を振り向いた。

急いで愛想顔を繕《つくろ》った僕におっしゃった。

「見ず知らずの人間からの突然の頼みやったのに、快《こころよ》う大事な楽器を貸してもろうて、ほんまに感謝しとる、やて。おかげさんで自分は、うちの前で演奏することができたんやさかい、もしこれをきっかけにうまいこと行ったら必ず恩返しをさせてもらうし、そうでのうても恩人として一生忘れへん、てよ」

僕はまず先生に「ありがとうございます」と通訳していただいたお礼をもうしあげ、ミスカに向かって言ってあげた。

「今日は残念だったけど、きみならこれからいくらでもチャンスをつかめると思うから」

腐るなよ、ってまで言っちゃったら、先生達の審査に文句をつけることになるんで、そこまでにしておいた。

エミリオ先生は僕が言ったことをミスカに伝えてくれて、ミスカの返事は肩をすくめてみせるっていうボディーアクション。気にしてない？　最初からわかってた？　そんな感じだった。

僕は、（そうか、彼はこういう経験は初めてじゃないんだ）と考えて、ひそかに頭に来る気分を味わったんだけど。

「おう」

とエミリオ先生が、頭の横で人差し指を振った。

「さよか、さよか」

と一人でうなずいてから、僕におっしゃったのは……

「ユウキがご機嫌を悪くしてはるわけ、わーかったよー」

と、子供をからかうみたいな口調で。

「え？　いえ、僕はべつに」

顔に出てたんだろうかと思って、あわてて笑顔を作ってみせたけど、先生は騙《だま》されてはくださらなかった。

「ユウキ、さっきの審査に不満で、腹立ててはる。エミリオ・ロスマッティが彼の演奏を認めてやらへんかったのは、どないなことかいな、てな？」

「あ、いえ、そんな」

「ノノノ、顔に書いてあるえ」

先生は大きな体を丸めて僕の顔を近々と覗《のぞ》き込んでこられ、僕は困って目を伏せた。

「いやあ、お国柄いうのんはおもしゅろおすなあ」

先生はそんなことをおっしゃり、かがめた腰を伸ばしながら続けた。

「日本のコンクールやと、彼が勝ちやね。そやろ？　けど、うちは彼には賞状をやらへんかった。なんでやと思う？」

「……わかりません」

としか言いようがない。

先生はウンウンとうなずかれて、おっしゃった。

「今日の審査は、大学に進むための奨学金をどの子にやろかて決めるためや」

「はい」

「そやから、彼は落としたんよ」

……とは、ロムには大学なんて贅沢《ぜいたく》だ、とか？

ところが先生がおっしゃったのは、

「彼は、わざわざ大学に行って勉強する必要はあらへんさかいね」

アッと思った。

「彼もそれはわかっとる。せやから、もっとべつのチャンスを手に入れるために、今日はぜひ、うちに自分の演奏を聴かせたかったんやわ。ロムはしたたかやからねえ」

最後の一言は、言葉づらは差別的だったけど、先生の口調や表情はあきらかに彼をほめていた。したたかに自分をアピールすることができる、たくましい人々の一員だ、と。

僕は耳が熱くなるのを覚えた。

まったく僕って奴は、なんて浅はかな馬鹿野郎なんだっ！　先生のことをまだよく知りもしないのに、差別意識で審査をゆがめるような方だなんて勝手に誤解して、しかも（僕は違う）なんて独りよがりな優越感に浸《ひた》っちゃったりなんかして！　なんて破廉恥《はれんち》な思い上がり方だ！

自分が恥ずかしくて顔を上げられない僕の肩を、先生はポンポンとたたいて、笑い声でおっしゃった。

「ユウキはおとなしいだけと違うとこがエエねえ。彼をかぼうて、あの子らを『卑怯《ひきょう》だ』ゆうて怒鳴りつけはったとこなんか、ほんま男前どしたえ。

ただし、武士道はなるべくひかえめにしておくれやす。手でも傷《いた》めなはったら、うちは『監督不行き届きだす！』ゆうて、トウノインくんに張り飛ばされるんやないやろか」

僕はますます赤くなり、「はーっはーっはーっ」と笑いながらの先生に抱きしめられて、バンバン背中をたたかれながら頬《ほお》にチュッチュッとキスされて、どうリアクションしたらいいのかわからなかった。

美しい古都シエナの、風情《ふぜい》たっぷりな夕景の中を歩いていきながら、エミリオ先生から日本とこちらとの教育制度の違いをうかがった。

日本では、音楽家になるには早期教育がミソだっていうのが常識で、楽器で一流になるには三歳から習わせなきゃだめだとか言われて、物心がつく前からレッスンレッスンで鍛《きた》え上げるけど、ヨーロッパでの教育事情はちょっと違うんだそうだ。

もちろん、早くから楽器を持たせて尻《しり》をたたいて鍛える親もいるけれど、日本でいう高校入学の時に音楽の道を選んで、本格的な楽器のレッスンはそこからっていう子も、べつに珍しくはないんだそうな。

「肩ひじ張って勉強せんでも、バッハやらの音楽は生活の中にふつうにあって、家になにかの楽器があるのもあたりまえやから、生まれた時からしぜんと親しんどるていう、下地があってのことかもしれへんけどな」

基礎的な中等教育まではニュートラルな状態で終えた時点で、その先の進路を選ぶ時に『音楽家』という選択もありだというのは、僕には新鮮な驚きだった。

「今日の子達は、彼を除いては、そないして『バイオリニストをめざすことにした』子達ですのや。そやから下手《マレ》やよね、あの学校に入ってから、本格的に弾き始めたんやから。技術的には、一生かかっても三歳から弾いてきた子らにはかなわへん、て面もある。それは事実や。

せやけどなあ、音楽はテクニックだけが値打ちやろか？　もちろん、エエ音で聴かせるゆうのは大前提やけど、巧《うま》い演奏やったら心動かすか言うたら、そんな単純なもんと違うやろ。今日のみたいな大きゅうなってから始めた子達は、テクニックはあのとおりや。けど、バイオリンてゆう楽器を使《つこ》うて、自分の中にある音楽的な衝動を外に向けて表現したいゆう気持ちは、歳相応《としそうおう》に成熟しとる。

言うたら、歌いたい気持ちが先にあって、そのための手段として楽器の弾き方を勉強するんやわ。

そやから始めるのは遅うても、伸びるのは早いよ。うちらの基準で言うて、やけどね。

うちも前は大学で教えてたことがあるし、日本人やらの『三歳から弾いてました』いう学生さんを何人も見てあげたことがある。みんな、えろ優秀で、入学試験の時の成績はトップから一番二番で入ってきはる。けど、そのあとが伸びひんのや。

テクニックは、どのコンクールに出ても賞が取れるぐらいに磨《みが》いてはる。うちにやて簡単やないパガニーニかて、お手の物いうふうに弾いてみせたりしはる。

けど、そっから先へが進まへん。

テクニックはようデケた。ほしたら、そのテクニック使うてどないな演奏をするんか。みんな、そこで止まってしまうんやわ。音楽に一番大事な、自分はなんでそれを演奏するんかいう部分が、からっぽやから。

自分が何を求めてバイオリンを弾くんか、自分にとってバイオリンを弾くいうのんはどないな意味があることなのか。そないなことをいっぺんも考えたこともあらへんで、バッハが作らはった『神への捧《ささ》げ物』である曲は弾けしませんわ。モーツァルトの翼を持った軽やかさも、ただ地に足がついてへんから浮かんでるゆうふうな軽さになってまう。

そういう子らはたいがい、小さいころから遊びもようせん、よそ見もせんと、一所懸命バイオリンだけ弾いてきはった。そやから、そこの部分だけしか感性ができてへんで狭いんやね。

こう言うたら手前味噌《てまえみそ》や思わはるかもしれんけど、ある程度の年頃《としごろ》まで好きなことやって、あれも楽しそうや、こっちもおもしろいやんかて、あれこれやってみたところで、やっぱり自分には音楽が一番合《お》うてるわて選んで勉強し始める、こっちの子達のほうが、末はエエ音楽を作るようになる。うちはそう思うてますねん。

そやから、ユウキがうちに来て、まずは生まれて初めて来はった外国が珍しゅうてたまらんさかい、ローマの町を見て歩きたい思うたのは、うちはエエことや思うたんよ。トウノインくんに引っぱられて出かけはったんやなかったら、もっとよかったんやけどねえ」

最後はそんなふうにからかわれてしまったけど、先生のお話をうかがいながら、僕はフジミの人達のことを考えていた。

あそこには、高校生どころか大人になってから楽器を始めた人達もたくさんいる。だからテクニック的にはみんな四苦八苦だけど、それでも前にやった《アイネ・クライネ》なんかはジーンと来る出来に仕上がった。あれは……そう、みんな確固とした「歌いたい気持ち」を持ってるからだ。

残業が多くてキツいとか言いながらも、どうにか時間を見つけて練習して来る人達は、ちょっとずつには違いないけど着実に巧くなっていって、最初は歌心ばかりが空回りしてたのが、技術を追いつかせてアンバランスが埋められるようになって……

そう、音楽は技術だけじゃ作れない。技術は当然の前提であり必要不可欠な手段だけど、かといって音楽の核心じゃない。

だからこそ、あの天才的な指揮者である桐ノ院圭がフジミに入れ込んだ。彼が副指揮者でいるM響と比べたら、比べて考えるなんてこと自体が僭越《せんえつ》ってぐあいの、耳が痒《かゆ》くなるようなへたくそさのフジミを、圭が「いい楽団だ」なんて言ってくれるのは、そこの所以《ゆえん》だ……っていうのは、わかってたけど。

でも僕は、たぶんその時初めて、圭がライフワークとして育てたがっているフジミの行く末を……アマチュアの域を脱することはなくても、広く聴衆に愛されるような魅力的な演奏をするオケに育てたいっていう圭の野望を、成功できる可能性のあることとして受け止めたんだった。

そう……圭は、フジミに「クリーブランド流の発展」をさせたいって言ったけど、あれはいわゆるたとえであって、フジミがアマチュアの域を出ることはない。プロの楽団に比肩《ひけん》できるようなプロ的な演奏なんてむりだ。だってM響にしろどこにしろ、それこそ三歳のころから音楽の勉強を始めて、才能やら忍耐やらチャンスやらの難関を踏み越えてプロになった音楽家たちの集団なんだから。

そして、今日会った音楽学校の子達が、あの歳《とし》からプロを目指すんだからといって、だからフジミの人達も……っていうふうに短絡《たんらく》するわけにはいかない。

エミリオ先生がおっしゃったように、彼らは生まれた時からクラシック音楽を呼吸するような環境の中にいて、しかも高校の三年間と大学の四年間、自分が選んだ道としてみっちり音楽を勉強するわけだ。

でもって、高校から楽器を始めたっていうスタートとしては、フジミの川島《かわしま》さん達も一緒だけど、でも彼女達は部活動っていう余暇《よか》の時間でやって来たわけであって、専門教育を受けたってことじゃない。

つまりは、そこがフジミの限界であって……フジミはあくまでも『アマチュア』の集団なんだってことを、きちんと踏まえたうえでの『発展』を目指さないと、失敗する。

ああ……そうなんだ、そういう問題整理が僕の中でちゃんとできていなかったんで、圭の計画にどことなく納得できない気がしてたんだなァ。

あの時、一度は反対っぽい言い方をしたニコちゃんも、それを熱意で押し切った格好の圭も、そんなことは当然としてわかったうえでの意見交換だったんだろうに。僕はいまやっと二人の話に追いついたんだ。

で、そうなると、じゃあ僕としてはフジミにどんなお土産《みやげ》を持って帰ればいいのかってことになるけど……いや、そんなことを考えるのは早いな。僕はまだ自分の勉強だって始められてないんだから。

でも、心がけてはおこう。クラシック音楽が生活の中にあるこっちでの、アマチュア活動のようすなんかを見ておくことは、いずれ何かの役に立つかもしれない。

そして……ふと思いついた。

エミリオ先生の、こっちでの教育事情のお話は、もしかして僕への助言として受け止めるべきなのか？　……と。

音楽を勉強するうえでの（日本での常識からすると）遅いスタートは、必ずしも決定的なペケじゃないってふうに要約して聞いた先生のお話を、僕はすぐさまフジミと結びつけてしまったけれど……あれは、十歳にもなってからバイオリンを始めたっていうコンプレックスが、何かっていうと頭をもたげる僕への、「問題はそこじゃないよ」っていう意味だった？

ああ……かも知れない。よく考えよう。

そして、まだシエナの、夜。

マリア校長（だったのだ、僕がただの女性教師だと思ってた人は！）がエミリオ先生を招待したのは、母親のアンナ理事長も住んでいる自宅……つまりシエナでは名門だそうなバッサーノ家の屋敷で、僕はそこでイタリアの階級社会の一端を体験した。

門があって庭がある三階建ての邸宅であるそこでは、僕はエミリオ先生の従者として扱われ、玄関を入ったところで先生とは別の部屋に案内された。厨房《ちゅうぼう》の隣らしかったそこは、どうやら使用人のための食堂といった場所らしく、僕はそこでワインとパニーノ《サンドイッチ》をご馳走《ちそう》になり、あとは三時間近くボーッと放《ほ》ったらかされてた。

途中で、廊下を通りかかった女の人を捕まえて、トイレに行かせてもらったけど。

それから、僕をそこに案内して食事を出してくれた女の人に呼ばれて、玄関につれて行かれて、ここにいろってことらしかったので三十分ばっかりボーッと待ってたら、先生が出て来られて。

マリア校長、アンナ理事長、そしてたぶん学校のおもだった人達なんだろう数人の男性達が、にこやかにエミリオ先生との別れを惜しむのを見守って。

「ほな、行きまひょ」

と先生に声をかけられて、

「はい」

と顔を向けた拍子に、先生の隣に立っていたアンナ理事長と目が合ったんで、何かあいさつを言わなくちゃと思って、

「ラ　リングラツィオ　タント……」

うんぬんっていう、夕食にご招待いただきましてありがとうございました、というお礼を言

って、夜だから「ブオーナノッテ《おやすみなさい》」と頭を下げた。

顔を上げた僕に、アンナ理事長がちょっと作り笑いっぽかったけどニコッとされたんで、もう一度頭を下げてエミリオ先生のあとから玄関を出た。

ホテルまでの道は男性の一人が一緒で、ずっと親しそうに先生とおしゃべりをしてたけど、ホテルの前から戻って行ったところを見ると、賓客《ひんきゃく》の見送りってことだったらしい。

先生が予約しておられたのはかなりりっぱなホテルで、フロント係は顔見知りらしい先生をごく慇懃《いんぎん》に迎え、いかにもイタリア人って感じの小太りで陽気そうなおじさんが部屋まで案内してくれた。チップをあげる時、先生は相手の名前を呼んで親しそうに言葉をかけながら渡してたから、よっぽどの常連なんだろう。

部屋はツインルームで、つまり先生と同室での泊まりってわけで（うわあ、緊張しちゃって眠れないかも）と思ったけど、しょうがない。

先生はかなりワインを召しあがって来られたようすで、『次の間』ふうな置き方をしてあるソファにくつろいでいらっしゃる。

ええと、僕はどうしたらいいのかな。付き人の心得なんて何一つ知らないぞ。でもたぶんこういう場合は、身の回りのお世話をさせていただくんだよな。

そこで僕は、

「風呂《ふろ》の支度をいたしましょうか」

と言ってみた。

先生がクスッと笑われたんで、変なことを言っちゃったのかなと頭をかきながら、言い直しを試みた。

「ええと、よろしければ何でも言いつけていただけたほうが。その、気が利かない付き人で恐縮ですが、初めての経験でして」

先生はクックッと笑いながら、（そやない、そやない）というふうに手をひらひらさせた。

「うちはトウノインくんほどは気難しゅうないさかい、そないに緊張してはらへんでエエねん。ユウキが固《かと》なってはると、うちも肩凝るしなあ」

「はあ」

「まーほら、お座りやす」

そのあいだも、先生はクスクスと笑い続けていて、ようするに笑い上戸《じょうご》ってことか？

「ところでユウキは、あそこで何をごちそうにならはったの？」

と聞かれたんで、

「パニーノをいただきました」

と答えた。

「こんな形の歯ごたえのあるパンに、大きなソーセージと生タマネギがはさんであって、うまかったです」

先生はくるっと目を天井に向け、口元をピクピクさせてたと思うと、吠《ほ》えるみたいに笑い出した。

「ホーッホーッ、ハーッハーッハーッ！」

何がそんなに可笑《おか》しいのか、巨体をよじって笑いころげるって感じにしばらく笑われてから、話の合間に吹き出し吹き出し、わけを教えてくださった。

もっとも話の内容は、僕にはとても笑えるようなものじゃなかったんだけど。

「え？　アンナ理事長が引き攣《つ》っておられた……？」

「ユウキはそないな気はあらへんで、『晩ごはんおおきに』ゆうのをていねいにあいさつしはったただけなんやけどな。言《ゆ》うたら、ていねい過ぎたんやな。アンナさんは、パニーノしか出さへんかった皮肉を言われた思て、ホーッホーッホーッ」

「え!?　いや、ぼ、僕はそんな気は！」

「エエねん、エエねん。そやし、あそこでブオーナノッテ言わはったんがまた傑作やった」

「あ……変だったんでしょうか」

「ラ　リングラッツィオなんたらゆうんは、かしこまった言い方やさかい、そのあとは『アリヴェデルラ』『さようなら』やよね、ふつうは。そこを『おやすみ、おばあちゃん』ゆうぐあいのブオーナノッテ！　チャオ言うとったら最高傑作やったけどな、ハーッハーッハーッ」

「もっ、もうしわけありません！」

僕は真っ赤になって、おでこが膝《ひざ》にぶつかるまで頭を下げた。

「イ、イタリア語は旅行者用の例文集を暗記したところまででして、こ、こまかいニュアンスとかまでは、まだぜんぜん勉強できてなくって。せ、先生に恥をかかせてしまったんでしたら、幾重《いくえ》にもお詫《わ》びします！」

「そやない、そやない」

先生は笑っておっしゃってくださったけど、その次におっしゃったのはもっとショッキングな話だった。

「そやけどアンナさんは、ユウキがあの子に味方しはったんが、よっぽどおもしろなかったんやな。それでイケズしはったところが、しっぺ返しされた思わはって。それがまた、あの伯爵未亡人の一人芝居《しばい》やゆうところが、可笑しゅうて可笑しゅうて」

そして先生は、またひとしきり腹を抱えて笑っておられたけど、僕としては、笑うどころか、血の気の引いた顔が引き攣《つ》るってもので。

そうか、僕って……ミスカくんにバイオリンを貸してあげたことで、お節介な奴《やつ》みたいに思われて、あのもてなしは……なんか、すごく不愉快だ！　ああいう差別的な人達にどう思われたってかまやしないけど、不愉快は不愉快だっ。

でもそれ以上に、僕がやったり言ったりしたことが、エミリオ先生とあの人達の仲をまずくしたんだったら……それってたいへんなことじゃないか!?

こっちへ来る前に、イタリアって国のことやイタリアの人達についてなるべく予備知識を持っとこうと思って、何冊か本を読んだ。

その中に、長いあいだイタリア特派員をやってた元新聞記者の人が書いた本があって、僕としては理性的で信憑性《しんぴょうせい》のあるイタリア観だっていうふうに読んだんだけど。

彼の本の中にあったんだよな……イタリア人にとっては人間関係っていうのはすごく大事なもので、家族や一族のあいだの結束意識も強いけど、友人知人との横の関係や上司と部下の縦関係なんかも、日本人の感覚では理解しきれないぐらい濃密で、そういうコネクションで社会が動いてるって。

プラス、ラテン系の人達は理性より感情が先に立つから、好きになったらとことん相手のために尽くすし、嫌いとなったら理屈じゃない、っても。

そうしたことから考えると、今日の僕のふるまいっていうのは、エミリオ先生にとって大事なご友人なのだろうアンナ理事長達の、感情的な部分をもろに逆《さか》なでしたっていうか……それも重ね重ねって感じにやっちゃったわけで……どうしよう！

いやもちろん、僕が憎まれる分はかまわないんだ。この先たとえば何かの利害関係が出て来る可能性があったとしても、ああいう人達とかかわるようなコネは、僕はいらない。もし、こっちの足を引っ張って来たような時には、こっちも遠慮なく蹴《け》り返すなり何なりしてやる。

言ってしまえば、僕はここでは一時のあいだ留《とど》まるだけの留学生であり、この地で今後の活動の場を求めるわけじゃないんだから、どちら様のご機嫌を損ねようが知ったことじゃない。

しかし、それがエミリオ先生にも累《るい》を及ぼすとなれば、話はまったく別だった。

しかもあのアンナ理事長は『伯爵未亡人』だって、先生はおっしゃった……

フランスなどとおなじくイタリアも、国として共和制を選んだ時代に貴族制度は廃止されたけど、いまでも爵位を持つ人々がいて、慣習的なものとしてではあるが社会的にも認められているという。

また彼らの多くは、かつては領地として君臨していた土地を所有する大地主で、往年のシャトー《城》を根拠地とするワインセラーなどの実業家として成功し、名家としての声望《せいぼう》に経済力という権威をそなえた特権階級を形成して、その社交界なるものもいまなお隠然《いんぜん》として存在するという。

そして、そうした有力者っていうのは往々にして、芸術家にとっては大事なパトロンだったりするものなんだ。

たとえばエミリオ先生のような世界的に高名な演奏家でも、その名声が成り立つのは、演奏活動あってのことだ。つまり演奏してくれっていう声がかかってこそ、巨匠としての腕も揮《ふる》えるわけで、そこには演奏家としての仕事を依頼して来る人間が……あからさまに言えば、ギャラを払って演奏を頼んでくれる相手が必要なわけで、アンナ理事長もおそらく、そういう側の一人であって。

ああ、引き攣った顔に熱い脂汗がにじみ出る思い……

僕のことが原因で、エミリオ先生の演奏活動にキャンセルだのボイコットを食らうとかいうような支障が出てしまったら、僕はどうしたらいいんだろう。

必要なら、僕はあの伯爵未亡人とやらに土下座の頭を下げてでも、僕の言動を償《つぐな》わなくちゃならない……と決めた。

こっちに非はないと思っていたって、それとこれとは別問題として、先生には絶対にご迷惑が降りかからないように手を打たなきゃ。

でも、いったい何をどうしたらいいんだろう。あやまりに行くのは行くとしても、僕の語学力じゃ、下手《へた》をすると誤解の上塗りになりはしないか？　土下座して地面に頭をこすりつけるっていう謝罪のしぐさは、たぶん世界共通だとは思うけど、それだけでこっちの意図がちゃんと伝わるだろうか。僕が自分自身のためにおべっかの頭を下げに来たなんて思われたら、業腹《ごうはら》だしなァ。

でも、話の筋から行って、エミリオ先生にあいだに立っていただくっていうのも変で、そうなると、圭のイタリア語を頼るしかないけど……

そう考えて、

「あっ、電話！」

と思い出して、あわてて腕の時計を見やれば、もう十一時近い時間だった。

えっと、どうしよう、部屋に電話はあるけど、先生のいらっしゃるところで私用の電話をするっていうのもまずいよな。ロビーに行けば公衆電話があるだろう。

「エミリオ先生、ちょっと電話をかけに行かせていただきます」

「お～う、トウノインくん」

オーマイゴッドと言うみたいな調子で先生は両手を広げて天井を仰ぎ、その手で部屋の電話を指さした。

「遠慮せんと、そっからお掛けやす。ここの部屋代はあの学院が払わはるから」

ってことは、部屋から電話を掛ければ、電話代も向こう持ちか？

「そうさせていただきます」

ということにしたのは、庶民のささやかな復讐心《ふくしゅうしん》というやつだ。長話ってわけにはいかないから、市外電話料金でもそうはかさまないのが残念だけど。福山先生のところへ国際電話をするには、いまの時間じゃ……

えっ、ちょっと待て⁉　日本との時差は、向こうのほうが七時間早く時計が回ってるってことで、し、しまったァッ！　先生のお宅に夜の八時に電話をしたければ、こっちの午後一時に掛けなくちゃいけなかったんだァ！

うわ～っ、うわ～っ、どうしよう⁉　いや、どうしようもないよ！　時間は巻き戻せないんだから～！　あ～～～っ、先生、もうしわけありませんっ。越後の馬鹿者は、また馬鹿なしくじりをやってしまいましたァ〜……

　じゃあ、向こうの朝の時間にかけるってことで、ええと、日本時間はいま午前六時。二時間待って向こう時間の八時に電話するなら、こっちでは午前一時か。よし、それまで起きてて電話するぞっ。

　で、その前に、圭に電話だ。

　受話器を取ってエクセルシオールの番号をダイヤルし終えたところで、先生がバスルームに入って行かれるのに気づいた。

　あ、風呂かな？　だったら、気がねなくしゃべれるけど。

　今朝とは違ったオペレーターに、圭のルームナンバーを言って、つながるのを待った。

《はい》

　と答えて来たバリトンに、（あ、いた）ってふうなホッとした気分を味わいながら、

「僕」

　と返した。

　いや、なんとなくさ、もしかしてホテルにはいなくって、ボルゲーゼ公園で明け方の練習をやったあの時みたいにどっか近くに来てるとか……なんて、あはは、いっくら圭だってそこまではしないよな。

「連絡が遅くなっちゃってごめん」

《シエナからですか?》

先回りして言われて肩の荷が下りた。

「あ、うん。日帰りだと思ってたら、先生のご用事が夕方からでさ。音楽学校の卒業する生徒が対象のコンクールだったんだけど。

で、とにかくきみに連絡入れなきゃと思って。今朝はバタバタだったし、いろいろ心配させちゃったしね」

《そんなことはかまいません》

電話の向こうのバリトンは、おだやかなほほえみの気配を伝えて来て、僕は幸せな気分に包まれるのを感じた。

「今日はなんだかジェットコースターに乗っちゃったみたいな一日だったなァ。朝からエミリオ先生と一緒にボルゲーゼ公園までジョギングしちゃってさ」

《おやおや、それは健康的な》

「先生のジョギングにお供させていただいたんだけどね。高校出て以来いっぺんも走ってなかったから、体が重くってさ。まいっちゃったよ。先生へのお詫《わ》びも走りながらでさ。息は切れるし」

《しかし話は聞いてもらえたのですね》

「うん。でね」

と、相談事に持って行くための前置きの説明を切り出そうとしたところへ、先生がバスルームから出て来られた。ローブを着込んでいらっしゃるけど、時間からしてシャワーで済ませたらしい。

しまった、だったら用件から先にするんだったと思ったけど、後の祭りだ。

「ちょっと相談に乗ってほしいことがあったんだけど、先生がお休みになるから、帰ってから話すよ。これ、部屋の電話だから」

《同室なのですか？》

と聞いて来た圭の声は、思わずって感じにとがってて、僕は笑ってしまった。だって、相手はエミリオ先生なんだよ？

「ええと、帰りの時間はわからないんだけど、戻ったら電話するから。そこでいい？」

《はい》

ああ、やっぱりロビーの電話にすればよかった。先生のお耳があっちゃ、スネるなよとか愛してるとかは言ってやれない。

「じゃあ、切るよ。おやすみ」

《愛してます》

「うん」

キスの音さえ贈ってやれなくて、心を残したまま受話器を置いた。

もうベッドに入っておられる先生が、待っていたようにおっしゃった。

「うち、真っ暗やと寝られへんさかい、すまんけど明かり残しといてな」

「はい」

と答えて、

「ええと」

と続けた。

「もうしわけありませんが、一時ごろ部屋を出入りさせていただきますので」

「トウノインくんが来たはんの⁉」

先生はびっくり仰天《ぎょうてん》という声音《こわね》でふざけてみせ、僕はついつられて、

「違います！」

と言い返してしまった。

「いえ、その、福山先生に電話しなくちゃなりませんので」

「ああ、マサオには電話しといたよ」

先生はおっしゃった。

「ユウキはうちのタイプやさかい、返せ言うても返さへんよ〜てな」

それから、クイクイと指で僕を呼ばれて、

「あんま」

とニッコリ顔で命令された。

昔々の子供のころ、ばあちゃんに頼まれて肩をもんだり指圧のまね事をしてやったりしたのが、こんなふうに役に立つとは思わなかった。

もっともエミリオ先生の巨体は、日焼けしてしわの寄った皮膚の下はすぐ骨って感じだったばあちゃんとは違って、ボリュームたっぷりの肉布団って感じだったけど。

自分がよく凝るあたりを、最初かなり力を入れて揉《も》んだら、「痛い痛い」と悲鳴を上げられてしまった。

「あ、す、すいませんっ」

「そんなムキになってミンチにするみたいにせんといてや」

「は、はい」

強過ぎずソフト過ぎない力加減を会得《えとく》するのは、すぐだった。先生がせっせと注文を言ってくださったからだ。

なるほど口はしゃべるためにあるんだなと思って、（あ、もしかして）と気がついた。あのことも、遠慮しないで先生にご相談してみたほうがいいのかな。

でも話しかけようとしたら先生はうとうとされていたんで、明日にすることにした。

水音を響かせないようにして風呂《ふろ》に入り、湿度が低いせいかそう汗くさくもなっていなかった服をまた着直して、一時前にロビーに降りた。公衆電話用のコインやテレホンカードをまだ持ってなかったんで、フロント係を呼んだら、仮眠中を起こしてしまったらしかったんで、釣り銭の中からチップを渡した。千リラでよかったのかな。

電話には奥様が出られて、福山先生はもう大学にお出かけになられたそうな。たぶん例の居留守じゃないかと思うけど、出ていただけないならしょうがない。

カードの残り度数が見る見る減っていくのを見張りながら、お叱《しか》りをいただいた点については重々反省していること、叱っていただけてたいへんありがたかったと思っていることを話し、手紙を書かせていただくので取り次いでやってくださいとお願いして、電話を切った。

ふう、どうにかカードが終わる前に済ませられたな。

部屋に戻りながら、福山先生には報告の定期便を書こうと考えた。

留学中の資金援助をしてくれる足長おじさん達十二人には、月に一回ハガキを出す予定だけど、そのほかに福山先生と、フジミには石田《いしだ》ニコちゃん宛《あ》てと、芙美子《ふみこ》姉さんのところへ定期便で出そう。

手紙を書くのって得意じゃないから、『手紙の日』でも決めてやらないとたちまち不定期便になりそうだよな。ええと、今日は水曜日か？　いや、もう木曜か。じゃあ、毎週木曜日は「手紙を書く日」に決めよう。福山先生には、ローマへ帰ったらさっそく第一便を出さないといけないし。

部屋に戻ると、服を脱いでパンツ一枚でベッドに入った。ルーム係がミスったんだろうけど、僕の分のバスローブも部屋着もなかったんだ。こんどからは念のためにパジャマを持って歩くようにしなくちゃ。

眠りにつく前に、圭のことを考えた。

僕が、きみのいないベッドを寒いって思ってるように、きみも僕がいないのをさびしがってるよね。

思えば、最中のベッドからたたき出される格好で別れてきちゃってさ。ローマに帰ったって、きみと話せる時間がどれくらい取れるのか……

そのとたん、考えたくなくてずっと追い払い続けてきた大命題が、真っ正面から出会うぐあいに頭に浮かんでしまった。

『別れて過ごす暮らしが避けられない』っていう、僕達の現実が。

きみは今年いっぱいのコンクールへの挑戦が終わったら、日本へ帰る。M響の副指揮者のポストは休団って形でキープして来てるんだし、フジミもあるから、帰らないわけにはいかないだろう。

でも僕は……少なくとも二、三年はこっちにいることになるんだろう。つまり、きみは帰国しても僕は残るってわけで……ああ、いやだな。これから何年かは、きみとろくに話もできないような暮らしになって、夜も独り寝……

そして、怖い考えにたどり着いてしまった。

たとえば三年後には、富士見町のあの家での生活に戻れたとしても……その時、僕は二十八か九だぞ。五年後とかになれば三十の大台に乗っちゃうわけで、そんないい歳《とし》になっちゃった僕でも、きみはキスしたり抱きしめたりしてくれるだろうか。僕達は、ちゃんと恋人としての元の鞘《さや》に戻れるんだろうか。

僕の圭への気持ちが変わりっこないことには自信があった。圭は三十になったたって四十になったってイイ男で、きっと年齢を重ねるほどに男としてのカッコイイ渋さを身につけていくだろうから。

でも僕は？　若くなくなった僕は、セックスの時には見苦しいだけになるんじゃないか？　もし腹でも出ちゃうなら最低だよ。圭の前で服も脱げなくなる。

しかし、歳を取るのを止めるのは不可能で、若いって言える二十代でいられるのはあと五年で……そうじゃなくてもエミリオ先生とご一緒してたら確実に太りそうで、腹にも来そうだ。

シェイプアップに努めよう、と思った。

あー、体型を保つためっていうのは、美容を気にする女の人みたいで、男として格好悪過ぎるから、健康のためって口実で。

とりあえずは先生の朝のジョギングに便乗して、運動する習慣を作ろう。

翌朝のジョギングは、走り慣れてない上に寝不足のつらさをかかえた体にはハードだったけど、美しいシエナの街を走る気分は悪くなかった。

ただし、革靴で走るってのはだめだ。靴音が通り中に響いちゃって、はた迷惑だし恥ずかしいし。ローマに戻ったらジョギング用の服装と運動靴を手に入れなくちゃ。

ちなみに、先生のシューズその他は、持って来られた小さなカバンの中から出て来たわけじゃなく、ホテルの部屋のワードローブの中に入ってた。よく来るんで、預けてあるんだそうな。人情に厚いイタリアならではのサービスってとこじゃないだろうか。

さて、ジョギングから戻っての朝食の席で、僕は先生に、昨日のアンナ理事長との一件のフォローの手だてをご相談してみた。

言おうか言うまいか、かなり迷ったんだけど、先生には何も言わないでおいて圭に相談すると、飛び越したふうになってまずいかなと思ったんだ。

「もしローマに戻る前に時間があるようでしたら、学院に寄らせていただいて、理事長先生に昨日の失礼の謝罪をもうしあげたいんですが」

そう僕は話を切り出した。

「あやまりはるの？」

とエミリオ先生は、ちょっと内心の読めない表情でおっしゃった。

「はい。もしもあのことで先生にご迷惑がかかるようでしたら、もうしわけありませんので」

半面だけの本音だけど、気持ちとしては正直なところを言った僕に、先生は丸い肩をひょくっとすくめた。

「うちは、あの子が紹介状を書いてもらいに来たら、二つ返事で書くよ。ユウキが味方しはった子やからね」

あー……

「おっしゃる意味がよくわかりませんが」

先生はそれにはお答えにならずに話を続けられた。

「バッサーノ音楽院を出たあの子が、アンナさんの紹介状とちごて、うちの紹介状を持って行くわけや。ゆうたらアンナさんの面目はつぶれるわけやねえ」

え？　あの……

「い、いいんですか？　そんなことされて」

「エエねん。うちはあの子の演奏を聴いて、腕前を認めたんやから」

……それって、彼があの時演奏をやれたのは、僕がバイオリンを貸してやったからで。つまり僕は、先生を「聴いてしまった以上は助力を与えないわけにいかない」ってハメに追い込んでしまったってことか!?

「なんでそこで青い顔しはるん？」

とズバリに聞かれてしまったんで、考えたことをもうしあげて、つけくわえた。

「あの時はただ、ミスカくんを気の毒に思ったんで、何も考えずにバイオリンを貸してあげて。

それが、こんなことになるなんて思いもしないでっ……もうしわけありません！」

エミリオ先生は三杯目のエスプレッソをおかわりしたところだったが、ぷうと口を尖《とが》らせた。

「そないして、自分の正義感をねじ曲げはるユウキはいややわ。男前やあらへん」

「し、しかしですねっ、もしそれで先生の演奏活動に支障でも」

言いかけた僕は、

「馬鹿にせんといて！」

という、初めて聞く先生の怒鳴り声で黙らされた。

「人ォ馬鹿にするんもええかげんにしよしや！」

エミリオ先生は太った顔を真っ赤にして僕を怒鳴りつけた。

「うちは誰《だれ》や!?　押しも押されん世界の巨匠エミリオ・ロスマッティやで！　そのうちが、なんで人の顔色見ななららん！

そもそもユウキは、人間としてエエことしはったんやろが！　いまかって間違《まちご》うたこととしたとは思うてはらへんのやろ!?　ほんなら胸張ってなアカン！　それを四の五の、情けないわ！」

僕はあっけにとられて、先生の見かけによらない激情家ぶりを拝聴《はいちょう》してた。

そして先生は、つるっと手で顔をぬぐった一瞬でいつもの顔に戻られ、

「やれ、やってしもた」

と椅子《いす》の背にギシッと巨体をもたせかけた。苦笑するでもなく、照れるでもなく、軽くぼやくっていうふうに。

「ま、そゆことやさかい、婆さんにあやまりに行く必要なんかあらしまへん。エエね？」

「はい」

と答えるほかに返事があろうか。

ただしもちろん、今後は言動には厳重注意だ。よく考えてから行動すること、そして言葉には充分気を遣うこと……外国人だからって、まだ言葉がよくできませんって言いわけが通る場合ばかりとはかぎらない。正確に言える自信がない時には、むしろやたらなことをしゃべらないほうがましかもしれない。うん、そうしよう。言葉はよくよく慎重に。

「さて、ほんならざっと町を見物して帰りまひょか」

先生はそう言って立ち上がりかけて、ひょいといたずらっぽい顔になっておっしゃった。

「それとも、はよトウノインくんのとこへ帰らはりたい？」

あーもー、この先生は。

僕は苦笑して、

「でも見物もしたいです」

と答えた。

先生はそんな僕の開き直りを、ハーッハーッハーッと可笑《おか》しがられた。

シエナの町をバスで出たのは、昨日とおなじレストランでの、またフォアグラ用のガチョウみたいに詰め込まされた昼食のあとで、ローマに着いたのは夜の七時過ぎだった。

日本だったらラッシュアワーだけど、さほどの雑踏でもないテルミナ駅の構内を出たところで、先生がいきなり手を上げて叫んだ。

「クイ《こっち》、クイ《こっち》！」

見ると、タクシー乗り場のところの電話ボックスの陰から圭があらわれたじゃないか。

え？　もしかして出迎えに来たのか？

「来てはると思うたんやわ」

先生が僕の横腹を肘《ひじ》でつつきながら、得意そうにささやいた。

「フィレンツェからの始発が着く時間から、ずっとあそこで待ってはったんと違うか？」

くっくっと笑いながらそう言われて、僕は（思えば後ればせながら）脇《わき》の下に冷や汗がにじむのを覚えた。

もしかして先生には、僕らの仲がバレてるのか!?

でも、やぶへびになる可能性も高い聞き返しなんてできなくて、僕はただ、

「まさか、いくらなんでも」

と笑ってごまかした。

圭は僕達のところへやって来ると、エミリオ先生に向かって、

「いまお帰りでしたか」

という、いかにも偶然会ったふうなあいさつを慇懃《いんぎん》な調子で言い、僕に向かって、

「シエナはいかがでしたか」

と社交辞令っぽく聞いて来た。

「うん、すごく綺麗《きれい》な町だったよ。エミリオ先生があちこち案内してくださって、楽しかった」

「そうですか、よかったですね」

そんな僕達のやり取りを、先生は目元をニヤニヤさせながら傍聴《ぼうちょう》しておられたけど、

「ほな、うちは帰るさかいに」

と口をはさんでおいでになった。

「あ、はい」

とついて行く体勢を取ったら、

「明日あさっては、うちは麻美さんとナポリでデートやし」

とおっしゃって、その意味は、

「ユウキは留守番やよって、トウノインくんとローマを見物したはったらええわ」

「あ、はい」

TA XI

うっわ〜、先生に気を遣われちゃった⁉

ところが先生は、さらに、

「報告しときますとな、ユウキはシエナで喧嘩《けんか》を一つ止めて、一つ売って、敵を一人とファンを二人作ってきはったんやわ」

なんてことを。

それから僕に向かって、

「そやそや、校長のマリアさんはユウキに感謝してはった、て言いそこのうてたね」

と、にっこりしながらおっしゃって、

「ほんなら、また日曜に。トウノインくんも暇やったらお越しやす」

そう言い置いて、タクシーの列に並びに行かれた。

「あ、ええと、お疲れ様でした！」

お辞儀と一緒に言い送った僕の耳元で、

「シエナで何があったのですって？」

と聞いて来た圭の声は、（これだから、きみは目が離せないんです）と言いたげなとんがりぶりで、僕はアハハと頭をかいてみせたけど、ごまかされてくれる圭じゃない。

エクセルシオールに着くまでに、あらかたの話をして、でもミスカくんの演奏から受けたショックのことは言いたくないんで黙ってたら、「まだ隠していることがありそうですね」なんて凄《すご》まれた。あーもー、なんでそうやたらめちゃくちゃ勘がいいわけ!?

結局、洗いざらい打ち明けさせられてしまって、くやしかったんで言ってやった。

「ミスカくんは天才級のバイオリニストで、おまけにすっごい美青年だけど、浮気したら承知しないからな」

ってね。

僕としてはかなり本気で言ったんだけど、圭はひどく楽しそうに笑って、

「たしかにロムは男も女もセクシーな人種ですが、きみの魅力と引き替えにできるほどではありません」

なんて歯が浮くようなことを言い返して来て、キスして来て……

ちなみにその夜は、僕は福山先生への手紙を書けなくって、『手紙の日』計画は最初から挫《ざ》折《せつ》を喫した。

先生すみません、けっして遠くの恩師より近くの恋人が優先だなんてふうに思ったわけじゃないんですけど。圭が眠ったあとで書こうなんて考えた僕が、甘かったのはたしかです。今後は重々、理性的な判断に基づく優先順位のほうを遵守《じゅんしゅ》しますので。すみません。

あとがき

こんにちは、秋月です。

いよいよ第四部『留学篇』に入ったフジミですが、ご感想はいかがだったでしょうか？

二人の「噛《か》み合わない度」百パーセントの出会いから始まって、圭が悠季の口説《くど》き落としに成功し、悠季も圭への恋を自覚し受け入れたところまでを描いた第一部。二人の恋が、互いを生涯《しょうがい》の伴侶《はんりょ》として求め合う気持ちにまで深化する過程を描いた、『結婚篇』とでもいうべき第二部。そして、「趣味のバイオリン」という逃げのスタンスを捨てて、コンクールに挑《いど》むという形で『プロのバイオリニスト』をめざし始めた悠季の、演奏家としての成長をメインテーマとして追ってきた第三部。

思えば長い道のりで、皆さまには延々十六巻もの長編をおつき合いいただいてきたわけですが……すみません、全巻の終わりの『完』にまで行き着くには、まだ当分かかりそうです。

だって、悠季が一人前のソリストになって活躍できるようになるまでには、まだまだ修業がいりそうですし、圭が世界的な指揮者にのし上がっていくのも、これからですし。そうした二人の貢献によって、彼らの愛するフジミが目をみはるような発展を遂げていく時代にまで物語が進むには、もうしばらく巻を重ねなくてはならないようですので。

それにしても、秋月は幸せ者です。皆さまの篤《あつ》いご支援をいただいているフジミという作品に恵まれたことで、フジミに関してはいくらでも好きなだけ深入りして書けるという、昨今の出版界の事情からすると破格のチャンスを維持させていただいているのですから。

これもひとえに、「フジミが好き」と言ってくださって、「もっと読みたい」とおっしゃってくださる皆さまのおかげです。ほんとうにありがとうございます。

今後どこまで、こうしたオイシイ立場で書き続けられるかは、皆さまのご期待を裏切らない作品を生み出し続けられるかどうかに懸《か》かっていますので、さらにねじり鉢巻きに縒《よ》りをかけて頑張っていきたいと思っています。

秋月自身にとっても、守村悠季と桐ノ院圭という二人の青年達への思い入れは特別で、ぜひとも彼らの全生涯を見守り通したいと願っていますので、「頑張るぞ」と誓う裏には、自分のミーハー心を満足させたいがためってのもあるんですけどね。

ちなみに、そのミーハー心全開で作りました二人のリアルタイプ等身大可動式フィギュア出演による、愛のある風景（仮称）ポストカードが完成しまして、この文庫の発行時期にちょうど発売中の『小説JUNE9月号』の写真ページにてご紹介いただいている予定です。おついでに覗《のぞ》いてみてやってくださいませ。

そして、もう一つお知らせ。一昨年秋より、公式ホームページ（アドレスは『http://www.

Akizuki-club.gr.jp/』）を開設しておりますことは、ご存じの方はご存じと思いますが、HPをお楽しみいただくにはインターネットに接続してあるパソコンが必要ですので、「興味はあるけど見られない」という方も多くいらっしゃるのではないかと思います。

そこでこのたび、インターネットをご利用いただけない皆さまのために、HPに掲載した情報を季刊ペーパーでご提供する、『Akizuki倶楽部《クラブ》ペーパー会員』サービスを立ち上げることにいたしました。ご興味をお持ちの方は、返信用の八十円切手を同封のうえ、左記の宛《あて》先《さき》までお問い合わせください。くわしいご案内書をお送りいたします。

〒862-8799　熊本東郵便局留　Akizuki倶楽部

なお情報の内容は、HPでご紹介しているものと同じです。（多少ダイジェスト版？）

また『Akizuki倶楽部』はこれまで、秋月が臨時のイベントをやりたくなった時に、実行委員会事務局を務めてもらう以外は、HPの運営のみを行なってきましたが、もうちょっと活動を広げようということで、新たにフジミ系オリジナルグッズの通販も開始しています。現在はレターセットとポストカードのみですが、ご好評をいただけるようならば、ぼちぼちと種類を増やしていこうと思っています。（事務長兼なんでも係のヘルパーIさん、あれこれ経験豊富なアドバイザーとして頼りにさせてもらっているOさん、Aさん、ヨロシクね♥）

ところで、ペーパー会員募集のご案内書は、今年上半期にお手紙をくださった皆さまへは、お返事に代えさせていただいています暑中見舞いに同封してお送りいたしますので、お心当たりのある方は、わざわざのご請求には及びません。

ただし、この本が出る頃《ころ》にはすでにお手元に届いているはずですので、「うっそ、まだ来てないよ〜」という場合は、魔の郵便事故ないし当方の凡ミス、あるいはお手紙にリターンアドレスが書かれていなかったなどの事情で、お届けできなかった可能性があります。運悪くいずれかの落とし穴に引っ掛かってしまったと思われる方は、たいへん申しわけありませんが、改めてのお問い合わせをお願いいたします。

あらら、今回のあとがきはすっかりインフォメーションのページになっちゃったわ。フジミに話を戻しましょう。

『第四部』で舞台はヨーロッパに移り、これまでに計三回行ってきました取材旅行の成果がやっと活かせる運びとなりまして、秋月としましてはウフウフと張り切っております
あの歴史と文化に培われた心地よい落ち着きに満ちた美しい町々の雰囲気を、どこまでお伝えできるか……悠季や圭と一緒に、彼《か》の地の町並みを歩く気分でお楽しみいただけるような、そんな描き方ができたら最高なんですが。

でもって二人の今後についてですが……ふっふっふ、波乱と試練にまみれたイバラの道が待っていることだけは確かですけど、それ以上のことは秋月にもなんとも言えません。

以前にも書いたことがありますが、この二人の物語というのは、ある意味では作者である私の手からは離れたところで進行している面がありまして、つまり秋月は、彼らが彼らの世界で

送っていく日々を、こちらの世界から覗き見て記録するって感じで書いていますのでね。

だから、彼らにとって未知の未来は、秋月にとってもどっちにころがるか予想がつかない。ときどき「あと何巻ぐらい書く予定ですか」というご質問をいただきますが、「私にもわかりません」というのが正直な答えです。気長におつき合いいただけますなら幸いです。

最後になりましたが、すでにお気づきのとおり、今回よりイラストレーターさんが交替となりました。ご都合により西炯子さんが降板され、今後は『雲上楼閣綺譚《きたん》』（三日月さま、好きです♥）などの作品でおなじみの後藤星さんとのコンビでやっていくことになりました。

西さんが降板された事情につきましては、マガジン・マガジン社発行の『フジミ・アルバム西炯子イラスト集』掲載の、秋月との対談記事をごらんいただければと思います。

西さん、長い間ほんとにすてきなイラストをありがとうございました。これからもますますご活躍なさいますことを、一ファンとして心からお祈りいたします。

後藤さん、締め切り破りでご迷惑をかけるといったことは、極力やらないように努力いたしますので、どうか末永くよろしくお願いいたします。

さて、フジミの次巻は十二月発売の予定。内容は『アポロンの懊悩《おうのう》』と『泥と栄光』の二本立て（プラス外伝が入るかどうか）といったところだと思います。どうぞお楽しみに♥

秋月こお

〈初出誌〉

ローマの平日「小説ジュネ」99年12月号、2000年1
月号マエストロ　エミリオ（『エミリオ先生』改題）
「小説ジュネ」2000年5、6月号

KADOKAWA RUBY BUNKO

マエストロ エミリオ

富士見二丁目交響楽団シリーズ 第4部

秋月《あきづき》こお

角川ルビー文庫 R23-17　　11591

平成12年8月1日　初版発行

発行者――角川歴彦
発行所――株式会社角川書店
東京都千代田区富士見2-13-3
電話/編集部(03)3238-8697
営業部(03)3238-8521
〒102-8177 振替00130-9-195208
印刷所――旭印刷　製本所――コオトブックライン
装幀者――鈴木洋介

ISBN4-04-434631-3　C0193　定価はカバーに明記してあります。

KADOKAWA RUBY BUNKO

角川ルビー文庫

いつも「ルビー文庫」を
ご愛読いただきありがとうございます。
今回の作品はいかがでしたか？
ぜひ、ご感想をお寄せください。

〈ファンレターのあて先〉

〒102-8177 東京都千代田区富士見2-13-3
角川書店 アニメ・コミック編集部気付
「秋月こお先生」係

♪秋月こおの大人気シリーズ♪
僕が惚れたのは
バイクレースに夢を賭ける男"チャンプ"!
ピュアラブストーリー。
イラスト/麻々原絵里依
チャンプ
R
RUBY BUNKO

初めて会った双子の兄弟は
とてつもなくかっこよく…。
ふたりの危なくあやしい生活が始まった!!
南原 兼
〈イラスト 桃季さえ〉
おまえが、かわいすぎるから
ひどいこと…しちゃいそう!!
すきゃんだらす♡ツインズ
でんじゃらす♡ツインズ
♥ルビー文庫♥

オレ、もう我慢できないっ!!
広河瑞紀
〈イラスト 大和名瀬〉
もっと衝動LOVE♥
♥ルビー文庫♥

ノンストップでいくぜ！

期待のニューフェイス　萩原七紀　〈イラスト 明神 翼〉

汗とシャンプーの匂いに
忍はうかつにもときめいて…。